デレック・ヘレブ・
ハルトヴィッヒ
フローラ・ハス

エドゼル・ダンテ・
ハルトヴィッヒ
ヴェロニカ・
ハーニッシュ

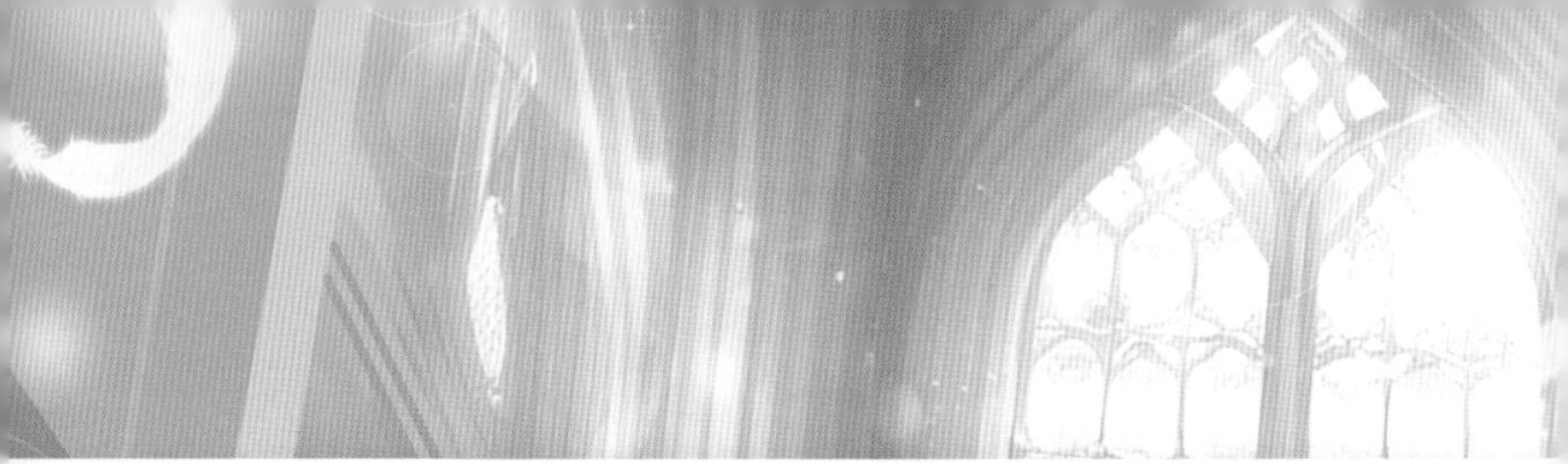

◆ CONTENTS ◆

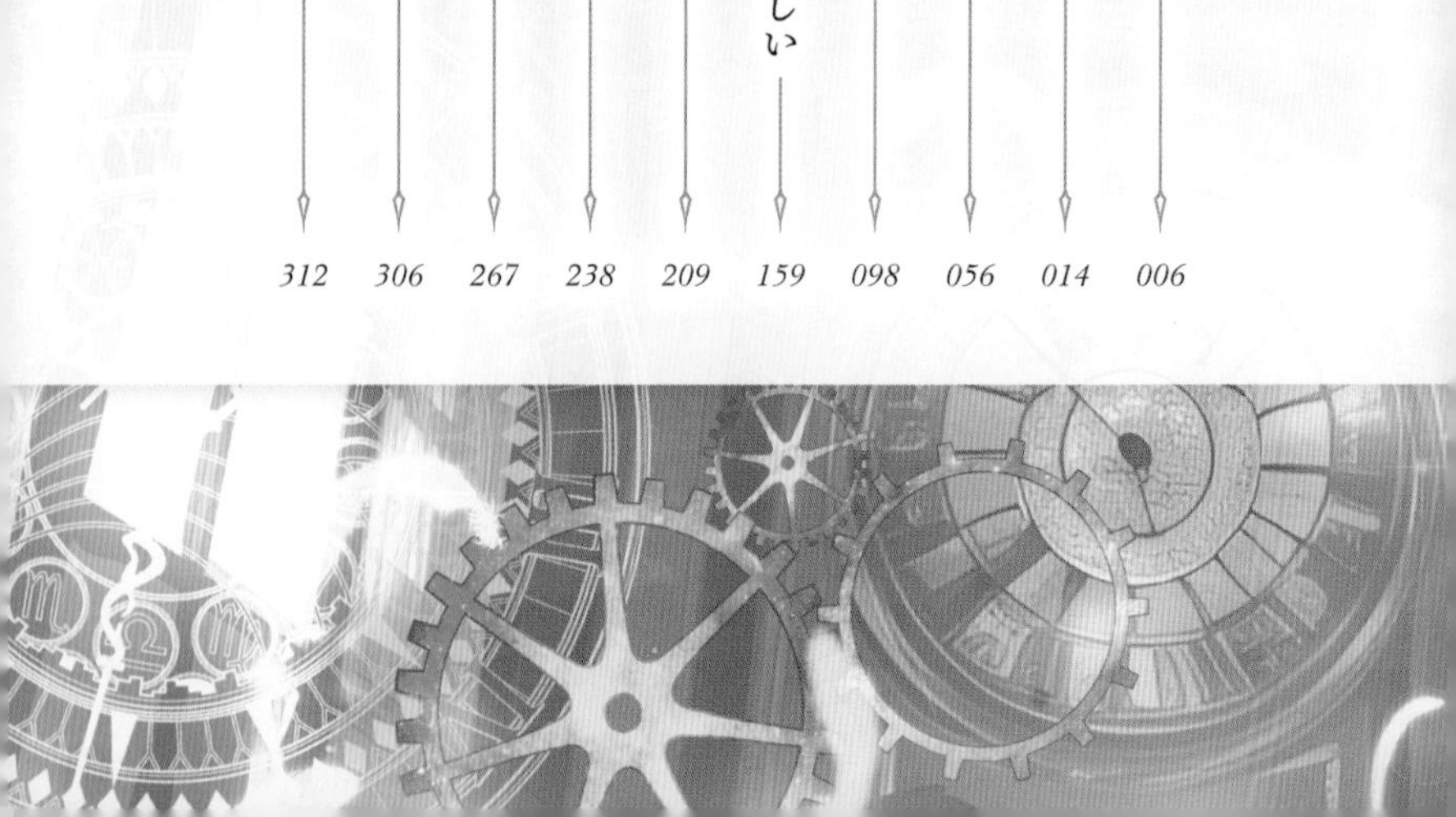

時計台の大聖女は婚約破棄に歓喜する

1

糸加 Itoka

Illust. 御子柴リョウ

プロローグ

いいんですか？　婚約破棄

「ヴェロニカ・ハーニッシュ！　お前との婚約《こんやく》を破棄《はき》する！」

リングラス王立学園の卒業パーティで、王太子であるデレック・ヘレブ・ハルトヴィッヒが突然そう叫んだ。

この日のためにドレスアップした生徒たちが、一斉に固まる。

名指しされた私も、もちろん公爵令嬢らしい豪奢《ごうしゃ》な赤いドレスを身に着けていた。

——婚約破棄？　婚約破棄って言った？　今。

「デレック……どうしたの？」

冷静を装《よそお》って、まずはそう聞き返す。今日のために巻いたブルネットの髪が微《かす》かに揺れた。

デレックは、さらに鋭い口調で言い放つ。

「お前みたいな傲慢《ごうまん》な女は、うんざりだ！　冷たくて、理屈《りくつ》っぽくて、顔を合わせれば小言ばかり！　真冬の氷だって、お前よりは温《あたた》かい！」

——傲慢？　冷たい？　真冬の氷？

「もう少し詳しく説明してくれない？」

「そういうところだよ！」

「だから、具体的に」

「うるさい、うるさい、うるさい！」

ダメだ。こうなると話を聞かない。

慣れた諦《あきら》めを胸に抱《いだ》いた私は、デレックの白地に金の刺繍《ししゅう》入りの上着に目を向けた。婚約者同士は、ドレスや上着の色を揃えて参加するのが慣例《かんれい》だったが、私たちは赤と白。ドレスを贈らないと言ったときから、何か企んでいると思っていたけど、まさか婚約破棄だなんて。

――デレック、本当の本当に本気なの？

私は十二の歳からの婚約者をじっと見つめる。

だけど。もしかして。

――本気だからこそ、今日この場所で言い出した可能性も……ある？

卒業パーティは、生徒の自主性に任される。料理や音楽の演奏、給仕《きゅうじ》など裏方として外部の者はいるけれど、先生や保護者はこの場にいない。つまり、デレックが暴走しても止められることはないのだ。

――まずは大勢の証人の前で、婚約破棄の事実を作りたかったのかしら。

あり得る。衝動的に行動しがちなデレックなら、すごくあり得る。

そんな考えを巡らせていると、デレックがどこか高揚した口調で言った。

「いつも冷静沈着《れいせいちんちゃく》なヴェロニカも、さすがに驚《おどろ》いているな?」

「それはそうね」

驚いたことは事実なので頷《うなず》く。デレックはニヤリと笑った。

「少しは可愛げがあるじゃないか」

——可愛げ?

「だが手遅れだ!」

噛《か》み合っていない会話に疑問を挟む前に、デレックは再び叫ぶ。

「ヴェロニカ・ハーニッシュ! 私はお前との婚約を破棄し、フローラ・ハスとの新たな婚約を宣言する!」

——婚約破棄だけじゃなく、別の女性との婚約も⁉

周りの生徒たちがとうとう大きな声で騒《さわ》ぎ始めた。

「信じられないわ」

「何もここでおっしゃらなくても……」

私は内心頭を抱える。なぜ何もかも一気に言うのだ。生徒たちのざわめきは続く。

「フローラ・ハスって?」

「ほら、転校生の」

「ああ、男爵家に引き取られたっていう……」

フローラ・ハスのことは、もちろん私も知っていた。

リングラス王立学園には珍しく、途中から転入してきた男爵令嬢だ。ハス男爵の庶子《しょし》で長年平民として暮らしていたが、一年ほど前に男爵家の養子になった。確かにデレックとかなり親密《しんみつ》だったが、まさかそこまでとは。

私が表情を変えずそんなことを考えていると、近くにいた親友のパトリツィアが、憤《いきどお》ったように呟《つぶや》いた。

「こんな大勢の前でこの仕打ち……ヴェロニカが何をしたっていうの！」

「パトリツィア……」

私はパトリツィアに向かってそっと首を振った。気持ちはありがたいが、パトリツィアが巻き込まれては大変だ。

パトリツィアは心配そうに眉を寄せた。が、私の意を汲《く》んで黙り込む。私はデレックに向き直った。

「な、なんだよ、その目は。やめてくれとでも言うつもりか？」

私の迫力《はくりょく》に怖気《おじけ》付いたのか、デレックの勢いが少し削《そ》がれる。

「デレック」

私は、込み上げる気持ちを抑え切れず、デレックに尋《たず》ねた。

「本気なのね……本気で、私との婚約を破棄するつもり？」

「なんだ？　今さら心を入れ替えても遅いぞ？　俺の決心は変わらない」

「……本当に？」

「しつこいぞ！　ああそうだ！」

「私の……聞き間違いじゃないのね？」

「何度も言わせるな！　お前との婚約は破棄だ！」

「いいのね⁉」

「え？」

「本当にいいのね！」

胸の奥がすうっとする気持ちがして、私は一気に言い募《つの》る。

「もちろん受けるわ！　受けるに決まっているじゃない！　きゃっほう！」

「きゃっほう？」

デレックが呆然《ぼうぜん》としているが、私の声はどんどん弾《はず》む。

「ああ、本当にありがとう！　あ、婚約もおめでとう！　じゃ、これで！」

赤いドレスの裾《すそ》を軽《かろ》やかに翻《ひるがえ》し、私はデレックに背を向けた。

「お、おい。待て」

待たない。

「まだ話があるんだ！」

私にはない。一言だけ叫ぶ。

「末長《すえなが》くお幸せに！」

そして、出口に向かって走った。

まさか泣いて縋《すが》り付くと思っていた？　まさかね？　だって、デレックから婚約破棄してくれたんだもの！

天井のシャンデリアや四隅《よすみ》に飾《かざ》られている大理石《だいりせき》の彫刻《ちょうこく》が、いつもより輝いて見えた。ああ、本当に、本当に。

——なんという僥倖《ぎょうこう》！

私は心の底から歓喜《かんき》する。

——こんな日が来るなんて思わなかった！

「ヴェロニカ！」

振り返ると、さらさらの黒髪を靡《なび》かせて、黒い瞳を心配そうに細めるエドゼルが目に入った。

エドゼル・ダンテ・ハルトヴィッヒ。デレックの一歳年下の弟で、第二王子だ。騒ぎを聞きつけて駆けつけてくれたのだろう。

「エドゼル！」

エドゼルにはいつも心配かけていた。

――ちゃんとお礼を言わなきゃ！

「動かないで、僕が行くよ」

エドゼルはそんな私の気持ちを読み取ったように、私の傍に寄って意味ありげに囁《ささや》く。

「ヴェロニカ、大時計台に一緒に行ったときのこと、覚えている？」

「もちろんよ」

頷きながら、私はそのときのことを思い出した。

昨日のことのようにはっきりと、十二歳の私と十一歳のエドゼルが目に浮かぶ。

その日は、私とデレックとの婚約が決まった日でもあった。

あのときから願っていた婚約破棄が、こんな形で叶うなんて――

一章　大聖女？　嘘でしょう？

――六年前。


十二歳の私は、ひとつ年下の幼なじみのエドゼルと一緒に、大時計台の中にいた。

ここ、アンテヴォルテン王国の王都ヴォルテの中央広場には、いつからそこにあるかわからないくらい、古い大時計台が建っている。

王都中を見下ろすほど高さがあるが、古代語が刻まれたその尖塔《せんとう》の文字盤《もじばん》に針はない。けれど、毎日、正確な時を刻んで、鐘《かね》の音を響《ひび》かせる。

大聖女様が祈るから。

大時計台はこの国の聖域《せいいき》で、大聖女はそれを司る存在だ。

大聖女バーシア様が祈りを捧げることで、大時計台は動くのだ。

大時計台と大聖女様が、人々から敬意を持って崇《あが》められているのは、そのためだ。

もちろん私もそのひとりだった。だからこそエドゼルは、私が十二を迎えたのを祝って、わざわざここに連れてきてくれた。王族でなければ立ち入ることができない、この場所に。

古代語に興味がありつつ、大時計台に思い入れがあった私は、さっきまでとても楽しく中を見学していた。

だけど。

「きゃあ！」

私は小さな叫び声を上げて、立ち竦《すく》んだ。

歯車のひとつにうっかり触れたら、なぜかそれが光ったのだ。

「ご、ごめんなさい」

光は一瞬で収まり、私はすぐに謝罪する。

本当に、そんなつもりじゃなかったのだ。

なのに、さっきまで私たちを優しく案内してくださっていた大聖女バーシア様は、その場にひざまずき頭を下げる。

「え？　バーシア様？」

目を見開く私に、バーシア様はそのままの姿勢で言った。

「……大時計台の内部のものは、大聖女以外干渉することができないと言われています」

次いで大時計台の護衛騎士たちが、バーシア様と同じようにひざまずく。

「我々も確かにこの目で見ました」

意味がわからず、私は瞬《またた》きを繰り返した。

私の隣に立っていた、エドゼルが小さく呟く。

「そんな、まさか」

第二王子であるエドゼルがそんなに驚くなんて。何が起こったのか尋ねる前に、バーシア様は顔だけ上げて私を見た。

「ヴェロニカ様、この場にいた全員が、目撃しました」

まだデビュタントもしていない私に、バーシア様の口調は丁寧だ。

「あなた様が触れた瞬間、歯車は光りました――繰り返します。大時計台の中のものはすべて、大聖女の管轄《かんかつ》。影響を与えられるのは大聖女だけ」

――何言っているの……？　それじゃまさか私が……。

バーシア様はすっと立ち上がり、よく通る声で告げる。

「大聖女バーシアが宣言する！　ここに新しい大聖女が顕現《けんげん》した」

やめて、と止める前にバーシア様はその先を口にした。

「ハーニッシュ公爵家令嬢ヴェロニカ様が、新しい大聖女だ！」

――私が大聖女だなんて、嘘でしょう？

立ち上がった護衛騎士たちのひとりが、扉に向かった。

「すぐに大神官様に報告します！」

バーシア様がその背に叫ぶ。

「ハーニッシュ公爵にも知らせなさい！　もちろん国王陛下にも」

「かしこまりました！」

護衛騎士が階段を駆け降りる音を耳にしながら、私はまだ状況が信じられず、自分の両手のひらを見つめた。何の変哲《へんてつ》もない、いつもの私の手だ。

それなのに。

――私が……触ったから光った？

確かに、私はさっき歯車にうっかり触れた。

歯車は、一瞬、強い光を放ったように見えた。

でもすぐに収まった。今は何も光っていない。

――何かの間違いじゃないかしら。私が大聖女様のわけがないもの。

なのに、こんなことになるなんて。これからどうなるんだろう。

――怖い。

「大丈夫」

いつの間にかすぐ近くにいたバーシア様が、怯える私の手を優しく取った。

「私と一緒に宮殿に行きましょう。公爵様もいらっしゃるわ。そこでこれからの話をするの」

「は、はい……」

「僕も行く！　ここにいるからには僕も関係者だ！」

私と同じくらい茫然としていたエドゼルが、はっとしたように主張した。

‡

宮殿では、広い会議室に通された。

豪華《ごうか》な椅子と、がっしりとした広い机。そして見たことないくらい大きなシャンデリア。アーチ型の窓には、重厚《じゅうこう》なカーテンがかけられ、とても威圧感のある部屋だ。

すでに大神官ジガ様と副神官ツェザリ様、そしてラウレント・ゲルゼイ・ハルトヴィッヒ国王陛下と父が待っていた。濃い金髪をきっちりと後ろに撫でつけた陛下は、威厳《いげん》のある鋭い青い瞳をしている。

大きな机の正面に陛下が、その右側にバーシア様、ジガ様、ツェザリ様。左側にエドゼル、父、私の順で座った。

――国王陛下……の前なのに、こんな格好でよかったのかしら。

私は座りながら萎縮《いしゅく》する。いつもよりもきちんとしたお出かけ仕様のオレンジ色のワンピースだったが、正装《せいそう》ではなかったのだ。

「皆様、お集まりありがとうございます」

そう切り出したバーシア様が、一部始終を説明する。私がさっき、大時計台の中の歯車を光らせたこと。すなわち私が次の大聖女であること。

「バーシア、それは本当か？」

陛下が念を押すように言う。バーシア様は力強く頷いた。

「真実です」

大人たちが驚いたように私に注目する。

「まさか……」

「大聖女様だと？」

「うちのヴェロニカが……？」

父はともかく、陛下やジガ様、ツェザリ様と私は初対面。

平凡なブルネットの髪と、濃い茶色の瞳の私が、本当に大聖女なのかと疑う気持ちはよくわかる。

――だって、バーシア様と全然違うもの。

私は向かい側のバーシア様をあらためて見つめた。

赤毛のふわふわした髪を長く下ろし、胸元にキラキラした飾りがたくさんついた燕脂色《えんじいろ》のドレスを着たバーシア様は、真っ白なストールを肩にかけて、柔らかい微笑みを浮かべている。父よりも年上のはずなのに、年齢不詳《ねんれいふしょう》の輝きがあった。

手の届かない立場の方だから、もっと話しかけづらいかと思っていたら、包み込むような、親しみやすい雰囲気なのだ。私はその笑顔にほっとして、大時計台をエドゼルと一緒に案内してもらっていた。

——そうだ、エドゼル！　ここに来てから声を聞いていないけれど。

私と同様に、エドゼルもこの状況に驚いているはずなのに、わざわざこの場に立ち会ってくれた。視線を向けると、エドゼルは項垂《うなだ》れたように下を向いて座って動かない。横顔からはその黒髪に邪魔《じゃま》され、黒い瞳が開いているのか閉じているのかもわからなかった。

「陛下、よろしいでしょうか」

黙っていられない、というように、隣の父が口を開く。

「許す。ハーニッシュ公爵、発言せよ」

「本当なら大聖女の代替わりは十八歳です。うちのヴェロニカはまだ十二歳。何かの間違いではないでしょうか」

しかし、それにはバーシア様が首を振った。

「いいえ、公爵様。お気持ちはわかりますが、間違いではありません。ヴェロニカ様は確かに大時計台の内部に干渉しました」

「だが、あまりにも特例過ぎる。ヴェロニカを大聖女と断定するのは早い。大聖女ではなく、その候補、ただの『聖女』である可能性もあるのでは？」

『聖女』？

——初めて聞いたわ。大聖女様と違うの？

私の疑問を読み取ったかのように、バーシア様は説明する。

「私も、その前の大聖女タマラ様も、神殿に聖女として集められ、代替わりの儀式で大聖女に選ばれました。大聖女だけに与えられる特殊《とくしゅ》な能力が開花したのはその後です」

——え？　大聖女様には特殊な能力があるの？　大時計台を動かすだけでなく？

初めて聞くことだらけで、私は自分が本当にここにいていいのかと不安になってきた。

だけど、バーシア様はそんな私の気持ちを見抜いたように笑いかける。

「逆に言えば、代替わりの儀式をすっ飛ばして大聖女になったヴェロニカ様はすごいんです」

「しかし……」

父は食い下がろうとした。が、先に陛下がジガ様に尋ねる。

「大神官の立場からはどうだ？」

私の祖父くらいの年齢のジガ様は、白い髭《ひげ》を長く伸ばし、同じく真っ白な眉をひそめて、腕を組んだ。

「うむ……ずっと以前、何百年も前の大聖女様に、代替わりの儀式を飛ばして、大聖女になった少女がいたと聞いたことはあります。やはり、ヴェロニカ様のように歯車を光らせたとか。稀《まれ》ですが、ないことではありません」

ジガ様の隣にいたツェザリ様が、もどかしそうに口を挟む。

「ヴェロニカ様が大聖女で決定でしょう。何を迷うことがあります？」

金髪で色白のツェザリ様は、私に兄がいればこれくらいの年齢ではないだろうかというくらい若かった。なのに副神官ということは、かなり優秀なのだ。発言にも自信が満ち溢《あふ》れている。

「大時計台は、いにしえの民、ラノラトから譲《ゆず》られた大切な土地に建てられています。大聖女はその番人。神殿はそれらを守る代わりに、大聖女の不思議な力を借りることができる。大聖女を保護するのは、神殿として火急《かきゅう》のことだ」

——神殿に保護される？　え、じゃあ、皆とは会えないの？

私が不安に陥《おちい》っていると、エドゼルが発言した。

「保護と言えば聞こえはいいですけど、大聖女様の不思議な力を取り込みたいだけでは？」

「エドゼル」

陛下がとがめるように名前を呼んだが、バーシア様は笑う。

「エドゼル殿下のおっしゃる通りよ」

陛下が苦々しく目を細めた。

バーシア様は構わない様子で続ける。

「だけど、それくらい人々の役に立つ力でもあるの」

「どんなお力かお聞きしても？」

「エドゼル、わきまえよ」

「構いませんわ、陛下。この場にいるだけで彼もまた巻き込まれているのです」

「秘密は守ります」

エドゼルの真剣な瞳に、バーシア様が言う。

「私には、天候《てんこう》を読む力があるの」

驚いた顔をしたのは私とエドゼルだけだった。

「あなたたちには当たり前のことかもしれないけれど、私が大聖女になる前は、雨は予想できないものだった。突然の大雨で村が流されたり、突然の干《かん》ばつで川が干上がったり、人々は振り回されていたのよ。だけど、私が大聖女になってからは、それらは予測できるものになって、あらかじめ回避《かいひ》できるようになった」

エドゼルが念を押すように聞く。

「信じられない……つまり、バーシア様が大聖女様になる前は、いつ大雨になるかわからなかったのですか？」

「そうね」

「じゃあ、もしかして神殿から知らされる、『この夏は乾季《かんき》が長いから水を大切にするように』とかの知らせも」

「私が教えているのよ。私の前の大聖女様は治癒《ちゆ》の能力があったわ。疫病《えきびょう》が大流行したとき、大聖女様は各地を回って治療《ちりょう》した」

父が焦《あせ》ったように言った。

「だが、ヴェロニカはまだ大聖女の力が発動していない。聞けば、ヴェロニカが歯車に触ったのは、突発的《とっぱつてき》な事故だ。大聖女だからではなく、他の要因《よういん》があるのかもしれない……私は親としてヴェロニカの身の安全を第一に考えたい」

ジガ様が言う。

「公爵の気持ちはわかるが、だからといって何事もなかったことにはできない」

「では、せめて十八まで、猶予《ゆうよ》をください。十二で大聖女だなんて早すぎます！　ヴェロニカに何かあったら――私はベアトリクスに顔向けできません」

七年前に亡くなった母の名前に、私は小さく息を呑む。一年前に再婚してから、父が母の名前を出すことはなかったのだ。

父は懇願《こんがん》する。

「どうぞ、陛下。ご理解ください」

陛下は黙り込んだ。代わりにツェザリ様が口を開く。

「それなら両方大聖女様ということにして、ヴェロニカ様は神殿で保護すればいい」

その言葉に、ジガ様は渋《しぶ》い顔を見せた。

「二人大聖女がいると災いが起きるという伝説があるぞ」

「それは伝説ですよ。歴史上二人も大聖女がいたことがありません」

「ツェザリ、それでも原則は原則だ。大聖女は一人だけにしたことはない」

ジガ様とツェザリ様のやりとりを聞いていた陛下は、バーシア様に意見を求めた。

「大聖女はどう考える？」

「本音を申し上げていいのなら、私はさっさとヴェロニカ様に役割を譲りたいですわ」

「そんなに簡単に譲れるものか？」

「代替わりの儀式をすればいいんじゃないかしら」

陛下は少し考えてから、口を開いた。

「……ジガの言う通り、原則は大事だ」

「というと」

「ヴェロニカ嬢が十八になるまで大聖女の代替わりをしない。それまで大聖女候補という暫定的《ざんていてき》な立場に置く」

「ありがとうございます、陛下」

父がふう、と息を吐いたが、陛下の言葉は終わらなかった。

「それに加えて、ハーニッシュ公爵」

「……なんでしょうか」

「王太子デレックと大聖女候補ヴェロニカ嬢を婚約させたい」

——私と、デレックが婚約⁉

王太子であるデレック・ヘレブ・ハルトヴィッヒのことは、もちろん知っていた。

私と同じ歳で、リングラス王立学園の同級生だ。

けれど、王太子という身分がそうさせるのか、デレックは基本的に周りにいる人間すべてを見下すような態度を取っていた。私にも意地の悪いことばかり言うので、苦手だった。

——そのデレックと、婚約？

いろいろと驚くことが多かった今日だけど、まだ驚くなんて思わなかった。私はもう頭が真っ白になって、自分のことなのに頷くこともできない。

「……父上！」

そんな私を見かねたのか、エドゼルが何か言いかける。

「黙れ。これについてお前に口を挟む権限はない」

けれど、陛下に一蹴《いっしゅう》され、エドゼルは悔《くや》しそうに唇を嚙み締めた。父が慎重な様子で尋ねる。

「王太子殿下とヴェロニカの婚約とおっしゃいましたか？」

陛下は頷く。

「ああ。年齢、身分ともに釣り合っているし、王太子の婚約者という形であれば、神殿や宮殿に出入りしていても不自然ではない。何より、今より身の安全が保証できる。もし何の能力も出なくても婚約は継続すると約束しよう」

「しかし……」

父は途中で言葉を止めて考え込んだ。私にしても同様だ。

どうしようとため息をつきそうになったとき、陛下が小さく笑って呟いた言葉が耳に入った。

「……資質《ししつ》を見極めるのにちょうどいい」

資質？

何の？

――私が大聖女であるかどうかの？

私は、少し考え込んでから挙手《きょしゅ》をした。ちょっとだけ言いたくなったのだ。

「あの、質問してもよろしいでしょうか」

「許す」

「結婚は何歳ですることになるんでしょうか」

「十八歳だな。卒業後、まもなくというところだろう」

あと六年ある。

それならば、と思った私は陛下の目を見て言った。

「何の能力も出なくても婚約は継続するとおっしゃいましたが、もし、結婚までに能力が開花できたら婚約を解消してもらえませんか？」

「え？」

「は？」

「ヴェロニカ?」

「……ほう?」

ジガ様もバーシア様も父も、目を点にしていたが、陛下だけが面白がるように口角を上げた。私は続ける。

「だって、バーシア様は、大聖女様ですけど、王族の方とご結婚されていないですよね?」

確認するようにバーシア様に視線を送ると、バーシア様は微笑んで頷いた。

「ええ、独身よ。過去に結婚していたこともないわ」

「でしたら、私だけが大聖女になって、問答無用《もんどうむよう》で王家とも結婚っておかしくないですか?」

「娘、まだ大聖女ではなく、大聖女候補であるというのならば言葉を選べよ」

ツェザリ様が非難するように言ったが、私は言い返す。

「娘じゃありません。名前で呼んでください」

「……生意気な」

生意気なのも、礼儀がなっていないのも承知だ。だけど、ここで大人しくしていたら、私の運命が決まってしまう。

——だいたい、あまりにも話が一方的過ぎない?

いきなり値踏みされて、どうして全部受け入れると思っているのか。これくらいの抵抗、ささやかなものだ。開き直った私があたりを見回すと、父が若干心配そうな顔であるものの、見守ってくれているのがわかった。

　陛下は、なぜか機嫌《きげん》よさそうな口調で言う。

「つまり、ヴェロニカ嬢は、大聖女の能力が開花しなければ、諦めて我が息子デレックと婚約すると言うのだな？」

　私は頷いた。

「正直に申し上げれば、そうです」

「仮にも王太子にその態度はないのではないか？」

「今の王太子殿下に対する、私の率直な評価だと捉えてくださって結構です」

「不敬だぞ！」

「ぶっ」

　ツェザリ様は怒鳴《どな》ったが、陛下はとうとう吹き出した。

「はっはっは！」

　そして私に問いかける。

「王立学園で同じクラスだったな？」

「はい」

　そこまで知られているとは思っていなかったので、私はちょっと驚いた。陛下は目を細める。

「なるほどな……あれがあんなことを言うはずだ」

デレックが陛下に私のことを何か言った？　まさか。

「バーシア、どう思う？」

尋ねられたバーシア様は、くくっと笑ってから答えた。

「面白いから、言う通りにしてあげればいいかと思います」

「バーシア様まで、そのようなことを！」

ツェザリ様は声を荒げるが、ジガ様は黙って何も言わない。白い髭に覆われた表情はずっと変わらず、考えを読むことはできなかった。

「能力が開花しなければ王妃に、開花すれば大聖女になるわけです。どちらにしても損はないかと」

バーシア様は目尻の涙を拭って言う。え、そんなに笑うこと⁉

「やけに高く買っているな？　今日、初めて会った娘だろう？」

「そうですね。直感ですけど……その提案を受け入れてでも、王家にお迎えなさい、ということですわ、陛下」

「えっ」

褒められると思っていなかったので、思わず声を出してしまった。

「公爵はどうだ？」

父は諦めたように頷く。

「……娘の言う通りに、お願いします」

「決まりだ。安全のためにもそれが一番いいと思うが」

陛下の言葉に、父が付け足した。

「ただし、ヴェロニカが歯車を光らせたことは、そのときが来るまで、ここにいる者以外には秘密にしてもらえませんか。ただの大聖女候補だと」

「わかった。だが宰相《さいしょう》と神殿関係者には内密に、と前置きして伝えることを認めよ」

「承知しました」

陛下は、エドゼルに視線を送って念を押した。

「……というわけだ、エドゼル。余計なことはするなよ」

エドゼルは低い声で頷いた。

「わかりました。秘密は守ります。陰《かげ》ながら大聖女候補様の……力になります」

陛下は満足そうに笑う。

「よし。ヴェロニカ嬢には、さっそく今日から王妃教育を受けてもらおう。ウツィアにも報告しなくてはな」

ウツィア様とは、デレックを産んだ正妃《せいひ》様だ。

「今日から王妃教育？　そんな！」

急な話に父が叫んだが、陛下はまだ笑っている。

「決まったことだ」

私は父に向かって頷いた。ここまで条件を出せただけで上等なのはわかっている。

「精一杯努《つと》めさせていただきます」

そう言うと、バーシア様が楽しそうに付け足した。

「明日から、私のところで大聖女候補としての修行もあるわよ」

忙しい毎日になりそうだ。

エドゼルが心配そうに私を見ていたので、大丈夫というように私は小さく笑いかけたが、エドゼルは困ったように下を向いた。

‡

そして、本当にそのすぐ後から、王妃教育が始まった。

だが、さすがに準備が整っていない。

その日は、王妃ウツィア様に、ご挨拶を兼ねたお茶会という名のマナーを試されるだけで終わった。

ウツィア様のサロンルームに通され、デレックとも顔を合わせる。

「今後とも、どうぞよろしくお願いします」

そう言ってお辞儀をした私を、デレックはむすっとした表情で睨みつけるだけで、何も言わなかった。

――まあ、気持ちはわかるけど。

デレックからすれば、突然、私との婚約を知らされたのだ。私がデレックを苦手なように、デレックも私のことが嫌いなのは薄々予想していた。だからこそ、あんなに意地悪ばかりするのだ。

「まあまあ、まずはお茶にしましょう」

ウツィア様に勧《すす》められて、私はサロンの椅子に座る。白いテーブルクロスがかけられた丸テーブルには、すでにお茶とお菓子が用意されていた。

「ヴェロニカちゃん、美味しいかしら？」

正面に座ったウツィア様が、にこやかに話しかける。私は背筋を伸ばして、微笑みを返した。

「はい。とてもいい香りのお茶ですね。お部屋もとても素敵です」

重厚だったさっきの会議室と違って、サロンルームは白を基調《きちょう》としている。日差しがたっぷり入って、眩《まぶ》しいくらいだ。

カップを持ち上げて、ウツィア様は私に微笑む。

「さすが公爵令嬢ね。マナーは完璧だわ。ヴェロニカちゃん、デレックのこと、よろしくね」

「はい」

私も同じように微笑んだが、デレックはやはり言葉を発さなかった。ずっと不機嫌な顔で、お茶を飲んでいる。金髪に、明るい青の瞳。こうして並ぶとデレックとウツィア様はそっくりだと私は呑気《のんき》に考える。

ウツィア様は、カップを眺めて満足そうに言った。

「私はね、楽しいこと、美しいこと、綺麗《きれい》なものが大好きで、そんなことだけ考えていたいの。綺麗なものを知らないと、綺麗になれないでしょう？」

初めて聞く考えだが、ウツィア様が言うと説得力がある。エレ王国の王女様だったウツィア様は、少女のような可愛らしさの持ち主だった。バーシア様とは違う意味で年齢不詳なのだ。

「さ、どうぞ。遠慮《えんりょ》しないで」

ウツィア様は美しい爪でクッキーをつまむ。ただ焼いただけではなく、砂糖飾りや乾燥させた果物で彩《いろど》られている美しいクッキーだ。

「ありがとうございます」

勧められて、私も一枚手にする。デレックはクッキーには口をつけない。それを見たウツィア様が、ふふふと笑った。デレックがクッキーに手をつけないことをわかっていたみたいだ。私に向き直って言う。

「これからも気軽に遊びに来てちょうだいね」

「光栄です」

お茶会はそれで終わったのだが、その後、宮殿の庭園でデレックと二人きりにさせられた。婚約者になったんだから話すこともあるでしょう、というウツィア様のはからいだ。

「私の温室に行くといいわ。エレ王国の花がたくさん咲いていて、綺麗よ」

「ありがとうございます」

それを聞いたデレックは私には何も言わず、温室に向かって歩き出した。私は小走りになって後を追う。到着する頃には、息がちょっと切れていた。

だけど、温室は確かに見事だった。色とりどりの花が所狭《ところせま》しと咲いている。

「ああ、これ、ルウの花ね。本物を初めて見たわ」

ルウの花は、淡い色味ながら、花びらが何重にも重なっていて存在感が強い美しい花だ。どことなくウツィア様を連想させる。

「匂いは思ったよりないわね」

私がひとりで温室を楽しんでいたが、デレックはずっと黙ったままだった。

「お花は好きじゃないんですか？」

尋ねると、ようやく口を開いた。

「どこがいいのかわからない。そんなもの」

私はへえ、と頷いた。そんな人もいるのか。

「じゃあ、何なら好きなんです？」

平凡な質問だと思ったのだが、デレックは不機嫌そうに唇を曲げて答えた。

「なんにも」

「え？　なんにもないんですか？　好きなもの」

非難したわけでなく、純粋な疑問だったがデレックはイライラしたように声を荒げた。

「うるせーな！　だったらお前は何が好きなんだよ」

「古代語です」

「は？」

その反応に慣れている私は、もう一度はっきりと繰り返す。

「古代語です」

デレックはバカにしたような口調で問い返した。

「カビの生えたあの言葉か？」

カビは生えていないと思うけど、おそらくそれだ。私は高揚した声で頷く。

「そうです！　その古代語です！」

古代語は、はるか以前に使われていた古い言語だ。

大時計台の文字盤に刻まれている時間を表す記号が実は古代語であることは知られているが、日常では使われることはない。

だが教養の一環として学ぶことができ、私は選択授業のひとつにしている。デレックを見かけたことはないので、履修していないのだろう。

デレックのしかめた眉の理由はそのせいだと判断した私は、勢いよく続けた。

「古代語そのものより、ラノラトの民の文化に興味があるんです」

反応がないことも、説明にも慣れている。返事を待たず続けた。

「ラノラトは時を司る民だったと言われています。大時計台がある場所は、ラノラトの民が太陽の影で時間を計《はか》っていた場所だそうですよ」

私にそれを教えてくれたのは、生前の母だ。

『戦いを好まなかったラノラトの民は、アンテヴォルテン王国ができるはるか前にいなくなったの』

いつだったか忘れたけど、そんなふうに話してくれた。それを聞いた私がどう答えたのか、何歳だったのかも忘れたけれど、その内容は覚えている。

今から思えば、母はすでに自分の死期を悟っていたのだろう。

ラノラトの民がどうして時計を神聖なものとして敬《うやま》っているのか、丁寧に教えてくれた。

『人は死ぬと、時間も空間もない場所に行くと、ラノラトの人たちは考えたの』

母は続けた。

『時間も空間もない場所で、誰でもない存在になったら、先に死んだ人たちに再会できるの』

そして、弱々しく私の手を握った気がする。

『だからこそ、ラノラトの人たちは日時計や水時計など、あらゆる時計を神聖なものとして敬ったの。時間の流れを感じることは、生きている証だから。ヴェロニカ、時間の流れをちゃんと感じて。ちゃんと生きて』

私が、大時計台を好きになったり、古代語を勉強したりするようになったのは、母の影響だ。今や、古代語の研究者で有名なリネス先生がいる、リングラス王立学園に進学するまでになった。

「古代語、面白そうだと思いませんか？」

私は微笑んだが、デレックは吐き捨てるように答えた。

「……くだらね」

「そんなことないですよ」

「なにが古代語だよ」

めげない私を馬鹿にするように、デレックは大きなため息をついた。

「そんなことはどうでもいい。言っておくけどな」

デレックは私を睨む。

「……俺は婚約なんかしたくなかったんだ。ハーニッシュ公爵がゴリ押しするからしてやったんだ」

——そうだったの。

私はさっきからのデレックの不機嫌の理由を知って納得した。

私が大聖女候補であることは知っているが、歯車を光らせたことは知らされていないデレックは、詳しい事情を教えられていないのだ。

突然の婚約は、私の父が一方的に進めたせいだと思っている。

――あの場にデレックも呼ぶべきだったわ。

私は反省した。

いろんなことが一度に起こって必死だったとはいえ、当事者であるデレックに何も言わず、大聖女の能力を開花させたら婚約を解消することを決めてしまった。

――どうしよう。どうしたらいい？

やはり、デレックにもきちんと説明するべきだ。私が大聖女の能力を開花させたら、婚約は解消するということを。

「あの、デレック――」

「だからこれだけは覚えておけ」

だけど、デレックの方が早かった。

私の言葉を遮って、デレックは一気に言った。

「俺は婚約なんてしたくなかった。嫌で嫌で仕方ないけど、お前の家が頼むから、仕方なく婚約してやったんだ。それをよく覚えておけ。忘れるな」

「……あれ？」

言われたことを反芻《はんすう》した私は、そこでちょっと考え直す。

「えっと、確認ですけど、この婚約、不本意なんですよね？」

「そうだ」

デレックはきっぱり言った。

「だからお前は俺に仕えて――」

胸を撫で下ろした私は、デレックが何か言い続けていたことに気が付かなかった。

「よかった！」

「俺の言うことを聞いて――ん？」

笑顔で、同じくらい力強く言い返した。

「私もです！」

安心させてあげたくて。

「詳しくは言えないんですけど、この婚約を円満に解消できるように、私もがんばりますね。ああ、本当によかった！」

「おい、なんだよそれ」

「だから、一緒ですよ」

「一緒？」

「私との婚約、嫌で嫌で仕方ないんですよね？」

「あ、うん」

「私もです。だから一緒。何か問題あります？」

「……」

デレックの沈黙を肯定と受け取った私は、ほっとした気分でその場を立ち去ることができた。

「ああ、よかった。私だけじゃなくて。じゃあ、失礼しますね」

デレックのためにも一日も早く、大聖女としての能力を開花させて婚約を解消しよう。そう思いながら私は、一人で温室を出た。


このときの私は、まだ自覚していなかった。

隠していたとしても、私が大聖女候補になることで、周りにいろんな影響が出るということを。

――私から遠く離れたところでも。

‡

「なぜあの娘は大聖女候補になり、神殿で保護されないんですか」

ヴェロニカがデレックと温室を散策していたのと同じ頃。

神殿に戻った副神官ツェザリは大神官ジガに、ヴェロニカの待遇を批判していた。

「陛下の判断だ」

ジガは静かに言い、人払いをした部屋でツェザリと向かい合って座った。質素な器に淹《い》れられた茶には手もつけず、ツェザリは言い募《つの》る。

「ですが、大聖女は、本来なら神殿の管轄。ラノラトの土地を預かっているのは我々なのですから、陛下といえども――」

「ツェザリ」

ジガは低い声で、血気盛んな部下を戒《いまし》めた。

「お前がラノラトの民を、ひいてはこの大時計台と大聖女を敬っているのはよく知っている。だからこそ、その若さでその地位に抜擢《ばってき》された。しかし、忘れるな」

ツェザリを見据《みす》える目は鋭い。

「若いということは、知らないことが多いということだ。人は知識だけでは動かせない。経験を積め」

だが、ツェザリの興奮《こうふん》は収まらない。

「わかっています！　私がまだ未熟《みじゅく》だということは！　ですが、それならあの娘だって同じじゃないですか！　すぐにでも神殿で大聖女の修行をするべきです！　それがどれほど栄誉あることかわかっていないのでは!?」

「だけどそれで能力が開花しなかったら？」

「そんなことはないでしょう」

少しだけツェザリの声が弱くなった。ジガは茶を一口飲んでから答える。

「それはお前の憶測だ。何歳になっても能力が開花せず、神殿で年を取るあの娘を見たいか？」

「でも……能力が開花しなくても、王妃になるんでしょう？」

「ああ。だが、中途半端な立場の王妃だろうな……まあ、陛下としてはそれでもよかったのだろうが」

ツェザリと違い、ジガはあの場でああ切り出したヴェロニカに、少なからず感心していた。本人にそこまで自覚はないだろうが、自分の身を守るという意味では悪くない手だ。

「……私は賛成できません」

ツェザリはそれでも低い声で答える。

「大聖女になれるという可能性があるだけでも、素晴らしいことです……自分の人生なんて、どうでもいいじゃないですか」

「お前が神殿とこの国に、心から尽くしていて、だからこそそう考えるのはわかるが、あの娘にはあの娘の人生があるのだ」

子どもの頃から神殿で修行してきたツェザリにとっては、神殿こそが世界のすべてなのだ。それがわかっているからこそ、ジガは諭すように言った。

「……」

ツェザリはそれには応えず、茶を飲んだ。

‡

同じ頃。

国王ラウレントは執務室で、宰相ゲッフェルトに王太子の婚約が決まったことを知らせていた。

「本気ですか？　陛下」

ゲッフェルトは自慢の口髭を揺らしながら、驚きの声を上げる。

ラウレントは、いかにも楽しそうに頷いた。

「ハーニッシュ公爵は欲のない男だ。取り込んでおいて損はない」

「そのために婚約を？」

「それだけが理由ではないが、それは大きいな……公爵には以前から打診していたのだが、まだ子どもだからとかわされていたのだ。今回はさすがに逃げられなかった」

ゲッフェルトは、ラウレントが初めからヴェロニカとデレックを婚約させるつもりだったことに気付く。

「では陛下。大聖女としての能力が開花すると婚約を解消するという約束は、守られないのですね？」

努力するヴェロニカには気の毒だが、婚約が目的ならそういうことになる。

だが、ラウレントは意外そうに目を見開く。

「何を言う。ゲッフェルト。私がそんな不誠実な王に見えるか？」

「失礼しました」

ラウレントは机の上で指を組んだ。

「お前を呼んだのも、その約束を守るためだ」

「というと？」

眉を上げたゲッフェルトに、ラウレントは笑顔で告げた。

「聖女として辺境《へんきょう》の神殿で面倒を見ていたすべての娘たちを、家に帰せ」

「……かしこまりました」

少女たちの動揺《どうよう》を思うと気の毒だったが、仕方ない。

「その際、大聖女候補が見つかったことを話してもよろしいでしょうか」

ゲッフェルトが聞くと、ラウレントも頷いた。

「ああ。その点はハーニッシュ公爵も了解済みだ」

『宰相と神殿関係者には内密にと前置きして伝える』と言ったのはこのためだった。

「楽しみだな？　果たして大聖女の能力とやらは開花するのか。するとしたらどんな状況なのか。しなかったら……どうなるか」

ラウレントが本心から機嫌よくしていると感じ取ったゲッフェルトは、万事心得たようにお辞儀をした。

‡

数日後。

スネト村のエイダン神殿に集められていた聖女たちは、神官のギュンターから突然解散《かいさん》を告げられた。ざわめきが起こるが、ギュンターは落ち着くように言って説明する。

「大聖女候補が見つかったんだ。だからもうお前たちの役割は終わった。今までの給金と家までの旅費は出すから、家に戻れ」

「え？　家に戻れ？」

聞かされた給金が思った以上の金額だったので、ほとんどの聖女たちは喜んだ。

「いきなりなんてひどいです！」

しかし、ひとりだけ抗議《こうぎ》した少女がいた。

「仕方ないだろう。突然決まったことだ」

ギュンターは彼女に向かってあっさり言う。

「そんな……」

美しいピンクブロンドの髪を持つその少女は、現実をなかなか受け入れられない様子で唇を噛みしめていた。ギュンターは苦笑する。

「残念だったな、フローラ。自分こそが大聖女にふさわしいと威張り散らしていたのに」

「そんなこと！」

フローラと呼ばれた少女は反論しかけたが、後半は言葉にせず呑み込んだ。それくらいの分別はある。

――集められた聖女たちの中で、私が一番綺麗だったのに。

そんなことは、口に出せない。でも内心では思っていた。

自分こそが大聖女になると信じて疑わなかったフローラは、今さら平民の生活に戻りたくなかった。神殿の生活は規律こそ厳しいものの、いいものを食べていい服を着ることができた。大聖女になったらもっともっと贅沢《ぜいたく》ができると楽しみにしていたのに、また母と二人で貧乏な暮らしをしなきゃいけないなんて。

「どんな人なんですか……新しい大聖女様は」

フローラは納得できずにギュンターを問い詰める。

「貴族のお嬢様って話だよ」

ギュンターは面倒くさそうに答えた。

「貴族……？」

「ああ。王太子様と婚約したらしいな……っと、しまった。これ内緒《ないしょ》だったな」

ギュンターは口を滑らせたことに気付いて、すぐに口止めした。

「誰にも言うなよ？」

「……わかりました」

フローラは、にこりともせず頷いた。

――貴族のお嬢様。王太子と婚約。その上で、大聖女の立場まで……ふうん。随分《ずいぶん》、ご立派な生活をしているようね？

そのグレーの瞳の奥に、新しい大聖女候補への憎悪が生まれたことに、誰も気付かなかった。

最初は小さな火種《ひだね》が、やがて燃え上がる炎になるように、年月とともにフローラの中で、それは広がっていった。

‡

ヴェロニカの婚約が決まってから、エドゼルは人知れずため息をつくことが増えた。

あの日、ヴェロニカを大時計台に招待したことを悔やみ続けているから。

もちろん、ヴェロニカも最初は喜んでくれた。

だけど、あんな大事《おおごと》になるなんて。

――まさか、父上がヴェロニカと兄上の婚約を持ち出すなんて思わなかった。

エドゼルは、あの日の帰りにヴェロニカに聞こうと思っていた。婚約を申し込んでもいいか、と。家と家を通さなくてはいけないのはわかっていたが、まずはヴェロニカの気持ちを聞いてから動きたかった。

側妃ロゼッタの息子として生まれたエドゼルは、第二王子としてそれなりに大切に育てられてきた。正妃ウツィアは自分にしか興味がないような人で、ロゼッタに嫉妬することもなく、エドゼルを虐げることもなかった。

ウツィアはよくわかっていたのだ。

自分が今のような贅沢ができるのは王妃であるからだと。そのためには、王家が続いていなくてはならない。

だから、後継者は必要。

つまりエドゼルはデレックに何かあったときのスペアとして大事にされていた。

エドゼルはそんな自分の立場を理解していたし、ロゼッタも粛々《しゅくしゅく》と受け入れていた。万事控えめだったロゼッタは伯爵家出身で、エドゼルと同じ黒髪と黒い瞳をしていた。

ラウレントがその容姿を気に入って無理やり側妃にしたとか、二人目を産むことで美貌《びぼう》が衰えるのを恐れたウツィアが自分の代わりに側妃に抜擢したとか、いろんな噂《うわさ》があったが、真相はわからない。

ロゼッタはエドゼルに何も語らないまま、たちの悪い風邪を拗《こじ》らせて、五年前、エドゼルが六歳のときにこの世を去ったのだ。

物静かな母親だったが、いなくなるとやはり寂しかった。

だが、第二王子たる自分がそんな素振りを見せてはいけない。

ロゼッタが亡くなった直後のエドゼルは、誰も通らないような宮殿の庭園をひとりで散策することでいつも通りを装うようにしていた。同時に、悲しみも紛らわしていたのだが、それでもダメなときはある。

その日がそうだった。

エドゼルは、地味な花が多い一角に、ロゼッタの好きだったシュトの花を見つけた。

ロゼッタの故郷でよく咲いていた花だ。自分のことをあまり語らない母が珍しく語っていたので覚えていた。

エドゼルはかがみ込んで、その花をまじまじと見つめた。

ふわふわとした花弁と少し地味な色使いが母に似ていると思った。

思ってから、しまったと後悔する。

でも遅かった。

我慢していたのに、涙が次から次へとこぼれ落ちた。しかも止まらない。

どうしたらいい。みっともない。人に見られる前になんとか。

『これ使う？』

そんな葛藤《かっとう》を抱いていたときに、背後から声をかけてきたのがヴェロニカだった。

『誰？』

精一杯虚勢《きょせい》を張って尋ねると、素直な声が返ってきた。

『ヴェロニカよ』

『……知らないな』

エドゼルは見られた、恥ずかしい、と思いながらも、差し出されたハンカチをありがたく受け取った。

『お父様と一緒に来たんだけど、はぐれた上に迷っていたの。そしたらあなたがここにいた』

すぐに立ち去ると思ったヴェロニカは、隣にかがみ込んでさらに話し続けた。

『どこか具合でも悪い？』

ためらったが侍医を呼ばれるのも困る。どうせもう会うことのない子だろうと、エドゼルは本音を漏《も》らした。

『亡くなった母の好きな花があって』

言ってから後悔した。なんて情けない。

だけど、それを聞いた途端。

『……わかる……』

涙声に顔を上げると、ヴェロニカの目からも涙がこぼれていた。

『私も……お母様を亡くして……そんな……好きな花とか見たら……我慢でき……な……』

うわあん、とヴェロニカは号泣し、結局二人でさんざん泣いた。

泣き終わってしばらくしてから、ヴェロニカは教えてくれた。

ラノラトの民のことを。

そこにみんな待っているのだと。

だからロゼッタも、ベアトリクスも、いつか会えるんだということを。

『友だちになってくれる？』

そう切り出したのはエドゼルだ。

『もちろん！　よろしくね』

ヴェロニカは、笑った。


そこから少しずつ、エドゼルはヴェロニカと交流を深めてきた。あの日泣いたことが二人の間で語られることはなかった。次に会ったときはエドゼルから挨拶したが、ヴェロニカは初対面のように、だけど愛想よく応えてくれた。

泣いたことが照れくさかったエドゼルは、それをヴェロニカの優しさだと思った。ほんの少しだけ寂しかったけど、エドゼルもそれに合わせた。ヴェロニカが徹底して、何もなかったかのように振る舞っていたから。

二人の交流に関して、ハーニッシュ公爵やラウレントから何か言われることはなかった。黙認されているのだと思ったエドゼルは、第二王子として地位を固めた暁《あかつき》には、ヴェロニカと婚約したいと思った。

――なのに。

ヴェロニカはデレックと婚約してしまった。

しばらくの間、エドゼルは足元に穴があいたような日々を送っていた。周りには悟られないようにしていたが、ひとりのときにはつい考え込んでしまう。

だけど。

偶然、通りがかった大時計台で、ヴェロニカがバーシアと一緒に修行をしているのを見かけたエドゼルは驚いた。ヴェロニカは手を真っ赤にして、大時計台の外壁を磨いていた。バーシアは腕を組んで見ているだけだ。

――公爵令嬢なのに？

そう思ったエドゼルは、恥ずかしくなった。

ヴェロニカはあんなにがんばっているのに、自分は何もしていない。

――大聖女になるために、手伝えることがあるかもしれない。

頼まれてもいない。迷惑かもしれない。でも、エドゼルはそれを目標に動き出した。もう止まっているのは嫌だったのだ。

そこからエドゼルは宮廷の図書館に通い出した。分類を頼りに書棚《しょだな》の間を歩き回る。

――これだ。

それは、あっけないほどすぐに見つかった。文化史の棚の一段がラノラト関連だったのだ。

「……ラノラト……の人々、ラノラトの喜怒哀楽《きどあいらく》……初めはこんなところからでいいかな」

気になった一冊を手に取り、ぱらぱらとページをめくる。古代語の詩に出てくるラノラトの人々の喜びや悲しみを取り上げて、ラノラトの人たちの生活を論じている本だった。

「これ、全部読むのですか？」

貸出のために、エドゼルがカウンターに置いた本の山を見て、司書のミランが驚いたような声を出す。

「調べたいことがたくさんあるんだ」

「熱心ですね」

――兄上は、ヴェロニカが歯車を光らせたことまでは知らない。ただの大聖女候補だと思っている。それに、ヴェロニカが父上としたあの約束。

まだ、諦めるのは早い。

「どうぞ」

ミランが手続きを済ませた本を差し出す。受け取ったエドゼルは、あらためて著者名《ちょしゃめい》を確かめて、少し驚いた。

アマンシオ・リネス。

「古代語のリネス先生？」

丸顔と白髪頭が目に浮かぶ。一学年下だからヴェロニカと同じ教室になることはないが、エドゼルも古代語を選択していた。

――確か、ヴェロニカは、リネス先生がいるからリングラス王立学園を選んだって言っていた。

まだつながっている気がして、エドゼルは借りた本を大事に抱えて帰った。

二章　これで能力開花できますか？

――歯車を光らせてから、数ヶ月。


「違う違う違う違う。そこはくるりと回って！」

その日も私は、バーシア様の手拍子に乗って体を動かしていた。

バーシア様は、大時計台の隣の、宮殿のように大きなお屋敷で暮らしているのだが、そこの大広間で私はさっきからずっと、やたらくるくると回る踊りを踊っている。

「バ、バ、バーシア……様……これで能力……開花……できますかね……？」

「できることはなんでもしたいんでしょう？」

「そ……ですけど」

「じゃあ、まずは踊る！　はい、続けて！」

もうかなりの時間踊っているが、体力が削られていくのがわかるだけで、特に何かの力が目覚めている気配はない。

あの日以来、大聖女になるための修行として、いろんなことをバーシア様と試してきた。

神殿で寝ずに祈りを捧げたり、大時計台を一人で上から下まで掃除したり、ラノラト語をいくつか暗記して、そればかりしゃべるようにしたり、とにかく思いつくことは片端からやってみた。

でもダメだった。

特に変化はなかった。

それに関してはバーシア様も不思議そうだった。

「おかしいわねえ。絶対すぐに開花すると思ったんだけど」

私だってそう思った。だからこそあんな大口叩いてしまったのだ。

「もう……ダメです……」

踊り過ぎて目が回ってしまった私は、ついにその場に座り込んだ。バーシア様の身の回りの世話係のユリアさんが、すかさずお水を持ってきてくれる。

「ありがとうございます」

受け取った私は、端のソファに腰かけた。生き返る。一息ついた私が汗を拭いていると、バーシア様が隣に座った。

「若いのに音を上げるの早くない？」

「若さ関係ありますか？」

「わかんない。これ試してもらうの、ヴェロニカが初めてだから」

「じゃあ、効果あるのかどうかもわからないですよね」

「なんでもやってみるって言ったのはそっちでしょう？」

バーシア様とはこの数ヶ月で、気安い会話ができるようになっていた。ウツィア様とは相変わらず緊張してしまうが。

「もう、どうしたらいいのかわからないです」

もう一度くるくる回る気にもならず、頭を抱える。バーシア様は笑った。

「いいじゃない。ダメでも結婚しちゃえば」

「他人事《ひとごと》だと思って」

軽く睨むと、目を逸らされる。

バーシア様は、ユリアさんから温かいお茶を受け取って言った。

「踊りはありだと思うのよ。先代のタマラ様もひとりで踊っていたら能力が開花したっていうし、私も似たようなものだったもの」

その話は何回も聞いていた。

バーシア様の前の大聖女タマラ様は、元は羊飼いだった。大聖女になった後、離れ離れになった羊を思って踊っていたら能力に目覚めたらしい。

ちなみにバーシア様は元子爵令嬢だ。大聖女に選ばれた後、今私が踊っている大広間でダンスのレッスンをしていたら、能力に目覚めたとか。

大聖女様たちのお話は、いつも私の胸を高鳴らした。自分に能力があればどんなふうに人の役に立てるのだろう。

早く、私もその場所に行きたい。早く。早く。早く。

ときめきと焦燥感が混ざったような、不思議な衝動に突き動かされるのだ。

まるで自分の中のもうひとりの自分を見つけるみたいに。

だからこそ私は毎日、能力開花に励んでいたのだが。

「もう、一生分の踊りを踊ったと思うんですけど」

現実の私は、疲労困憊《ひろうこんぱい》だ。バーシア様があっさりと言う。

「じゃあ、諦める？」

「絶対に能力を開花してみせます！」

バーシア様がカップをユリアさんに戻しながら、私に問いかけた。

「相変わらずなの？」

主語がなくても誰のことかわかる。私は深く頷いた。

「ひどくなってます」

「あら大変ね」

バーシア様は他人事のように呟く。

‡

私とデレックが婚約したことは、貴族社会にうっすらと広まっていた。

だが、正式な発表はまだしていなかったので、学園ではいつも通り過ごすことができた。

むしろ、クラスメイトとしては、かなりよそよそしい間柄だと思う。そのことに私はほっとしていた。

無理やり婚約させられたことがよほど嫌だったのか、デレックの私に対する態度はさらに冷たくなった。お茶会の約束はすっぽかすし、手紙を送っても返事はないのが当たり前だ。

――まあ、仕方ないか。

そう思った私だが、学園でいるときくらい気楽でいたかった。だから、なるべくデレックを避けるように行動していた。

だけど、どういう気まぐれか、向こうから話しかけにくることがたまにあった。

今朝もそうだ。

「おい、ヴェロニカ。今回の試験、どうだったんだよ」

定期テストの結果が出るとすぐ、デレックが取り巻きを連れてそう聞きにきた。

「まさか、ハーニッシュ家の令嬢たる者、平均以下なんか取ってないだろうな？」

見栄を張る必要もないので、私は正直に答えた。

「帝国語と古代語とアンテヴォルテン語は最高点だったけど、歴史と数学は最高点に少し及びませんでした」

帝国語は周辺国の共通語のようなもので、高位貴族には必須だった。アンテヴォルテン語は、ここアンテヴォルテン王国の言語で、定期テスト以外にもレポートや感想文などの宿題が多い。

デレックは、案の定馬鹿にした。

「古代語が最高得点？　あんなカビの生えた言葉をがんばるなんて、どうかしてるんじゃないか？」

この人、私が古代語好きだって知っているのに、どうしてこういうこと言うんだろう。

私は冷静さを保《たも》つようにしながら答えた。

「もともと古代語を学びたくてここに来たんですから、点が良くて当然ですね」

「ふうん」

面白みのない答えが気に入らなかったのか、デレックは腕を組んで黙り込む。取り巻きのひとり、バリー・バックルンドが私をちらちらと見ながら言った。

「ハーニッシュ！　お前もデレック様の成績を聞いてもいいんだぞ？　気になるだろう」

なるほど、と私は納得した。私の結果を知りたいのではなく、自分の結果を自慢したかったのか。

あまりにもバリーが目で訴えるから聞いてみることにした。

「どうでした？　試験」

デレックは、ふん、と高飛車《たかびしゃ》な態度で答えた。

「俺はいいんだよ。何点でも」

聞いておいてその答えはなんだ、と思ったが、そう言われると真意を知りたくなった。

「どうしてですか？」

「頭がいいヤツを周りにおけばいい。バリーは語学が得意だし、ブレッドは理数系、チャーリーはその両方と美術が得意だ」

ブレッド・レーベルとチャーリー・マンネルも、バリーと同じくデレックの取り巻きだ。彼らが優秀なのはよくわかったが、肝心のデレックの点数がよくわからない。

「デレックは？」

確かめるように聞くと、顎《あご》でバリーを指して言った。

「だから俺は何点でもいいんだよ。こいつらが俺の手足となるんだからな」

私は啞然《あぜん》として、デレックと取り巻きたちを見回す。皆、どこか誇《ほこ》らしげな顔だったが、言わずにはいられなかった。

「本気ですか？」

――それで言うとチャーリーが一番優秀じゃない？

だけど、取り巻きたちにはピンときていないようだ。

「なんだよ。生意気な女だな」

「羨ましいんじゃないですかね」

バリーとブレッドが言い、デレックがそうか、と頷く。

「悔しかったら、お前も王家に生まれたらいいんじゃないか？」

何を言っても通じる気がせず、私は言葉を失った。

——この国、大丈夫かな。

私は本気でそう思った。だけどすぐに思い直す。

——いや、私は私にできることをしよう。

デレックには、デレックなりの考えがあるのだろう。多分。

——がんばって、婚約を解消して、大聖女として国の役に立とう。

何百回目になるかわからない決意を、私は胸の内で繰り返した。

‡

ヴェロニカが国を憂《うれ》いていた日の放課後。

取り巻きを連れて正門に向かっていたデレックは、小さな声で呟いた。

「なんで俺の偉さがわからないんだ？」

バリーが素早く聞き返す。

「デレック様、何かおっしゃいました？」

「いや？」

「そうでしたか！　あ、王室の馬車ですね、では私はこれで」

どこの家よりも豪華絢爛《ごうかけんらん》な馬車を見つけたバリーは、いち早くデレックの代わりに持っていた荷物を差し出し、お辞儀をする。チャーリーとブレッドもその後ろで同じように、頭を下げた。

「ご苦労だったな」

ねぎらいの言葉をかけて、デレックは馬車に乗り込む。

空には、小さな三日月が浮かんでいた。

動き出す馬車の中で、デレックはヴェロニカのことを考えていた。そして、異母弟のエドゼルのことも。

実はデレックは、以前からエドゼルとヴェロニカが知り合いであることを知っていた。二人が宮廷の庭園で会っているのを、見かけたことがあったのだ。

どういう関係かはわからないが、万が一、手を組まれたら困るとデレックは思った。

そこから、デレックの行動は早かった。ヴェロニカが大聖女候補になるのよりも早く、ラウレントに婚約するならハーニッシュ公爵令嬢がいいと伝えたのだ。

『考えておこう』

ラウレントはそう言った。

幸いなことに、ハーニッシュ公爵のゴリ押しもあって、デレックはヴェロニカと婚約できた。デレックは、満足だった。ハーニッシュ公爵もラウレントも、エドゼルよりデレックが優れていると認めたのだと思ったからだ。

だから、自分はヴェロニカに何をしてもいいと思っていた。

王太子であり、エドゼルより優れている自分と婚約できたんだ。多少冷たい態度を取られても、ヴェロニカは喜ぶはずだ。

それを確かめたくてデレックは、婚約初日に自分はこの婚約が嫌で嫌で仕方ないとわざわざ言った。その方が、『そんなに嫌なのに婚約してくれたのか』とヴェロニカに感謝されると思ったのだ。

なのにヴェロニカは、自分も一緒だなんて言い出した。

そのときは驚いたが、よく考えればヴェロニカが自分との婚約を嫌がる理由はない。気を遣って合わせただけだと思ったデレックは、ヴェロニカにこの婚約の価値を教えるために、それからも冷たい態度を取り続けた。そんなに嫌なのに婚約してくれてありがとう、と言わせるために。

でも、うまくいかない。

こういうときに、どうやったらいいのか教えてくれる人がデレックの周りにはいなかった。

だからデレックはひとりで考えた。

そして閃いた。

何か困ったことがあれば、ヴェロニカは自分を頼るんじゃないかと。

‡

「ヴェロニカ、今日のランチはダイニングホールに行かない？」

昼休憩に、そう言って声をかけてくれたのは、茶色のロングヘアをなびかせておっとりと笑うパトリツィアだ。

メイズリーク伯爵家令嬢である彼女とは、幼少部からの付き合いで毎日ランチを一緒に取っていた。

「行きましょう。今日のメニューは何かしら」

そう言いながら私たちは、校舎を出てダイニングホールに向かう。中庭を抜ければすぐだ。

「デザートがついているものだといいわね」

甘いものに目が無いパトリツィアは真剣な口調で言った。

中庭にはすでに多くの生徒たちが、持参したランチボックスを広げて食事をしていた。ベンチに座るグループもいれば、木陰にシートを敷《し》いてくつろぐ姿も見られる。いつもの光景だ。

だけど。

最近やけに視線を感じることがある。

今も、私とパトリツィアが歩いているだけで、中庭の生徒たちにひそひそと囁《ささや》かれているのがわかった。

「……ハーニッシュの……」

「あれが……」

ちらちらと私の方を見ているのは女子生徒が多いけれど、たまに男子生徒もいた。私は小声でパトリツィアに尋ねる。

「見られている気がするんだけど、自意識過剰《じいしきかじょう》かしら？」

「あら、見られているのよ」

「どうして⁉」

パトリツィアはお姉さんみたいに優しく笑った。

「ヴェロニカが可愛いからに決まっているじゃない。艶《つや》のあるロングヘアに知的な眼差しの茶色い瞳。元からファンは多いわ」

「可愛くなんかないわ……」

「照れない照れない」

本心から言ったのに、パトリツィアは取り合わない。だけど、やがて真顔になって付け足した。

「ただ、余計なことかもしれないけど……ちょっと気になる噂を耳にしたの。そのせいもあるかも」

私はどきんとした。

――心当たりがありすぎる。

どの噂のことだろうと素早く考えた。

デレックと婚約？　あるいは大聖女候補？　もしかして、能力が開花したら婚約を解消できることまで噂になっていたら大変だわ。どうしよう。

「言いにくいんだけど」

パトリツィアの言葉にすぐ応じる。

「なんでも言って」

「あのね」

パトリツィアは声をひそめた。

「ハーニッシュ公爵が再婚したお相手が、ヴェロニカのガヴァネス《家庭教師》だったたって噂が、ちらほら出ているわ」

「は？」

予想外の内容に言葉を失った。

ハーニッシュ公爵、つまり一年前父が再婚した義母のアマーリエが私のガヴァネスだったという噂だった。パトリツィアが慌てて言い添《そ》える。

「ごめんなさい。不愉快よね」

「あ、そうじゃなくて」

むしろ、そんなことを皆知りたがったのかと呆気に取られた。私はほっとして笑う。

「全然平気よ。だって、事実だもの」

強がりではなく、私は淡々と説明した。

「正確には私のガヴァネスだったのはずっと昔のことで、私がこの学園の幼少部に入学したときに辞めているの」

だからパトリツィアも知らなかったのだ。

「数年前、父と社交界で再会して、そこから懐かしい話に花が咲いて、一年前に再婚したのよ。別に隠していなかったんだけど」

アマーリエは亡くなった母の親戚《しんせき》で、その縁で私のガヴァネスを務めていた。母の信頼も厚かった。

一年前、私は、父からアマーリエが新しい母になるのはどうかと尋ねられてすぐに賛成した。

再婚相手のアマーリエは、現在、新しい命をお腹で育てている。私も父も、家族が増えることに喜びを隠せない。

知っている人は知っている話だ。

そんなことが今さらどうして学園で広まったのか謎だったが、大したことはない。

パトリツィアはほっとしたように言った。

「よかった。もし他に、何か困ったことあったら言ってね」

きっとずっと気にしてくれていたのだ。

「ありがとう。パトリツィアもね」

そんなことを話している間に、ダイニングホールに到着した。

私たちはトレイを手に、カウンターの列に並ぶ。ランチは、欲しい物をカウンターで注文して受け取るセルフサービスだ。

「Aランチにするわ」

「私はB」

注文が通ると、後は早い。差し出されたランチをトレイに載せて、私たちは席に移動した。

運よく二つ空いていたので、向かい合って座る。

ホールの中はそこそこの混み具合で、そのせいか、そこでも囁き声が聞こえた。

「ランチとか……食べるんだ」

「真似しようかしら……」

私はスプーンを手に、パトリツィアにだけ聞こえるように呟いた。

「ランチを真似してどうするんだと思う?」

パトリツィアが苦笑した。

「美容の秘訣《ひけつ》かと思うのかも」

「小さい頃から好きなだけよ」

そう言った直後、後ろから騒がしい声がする。

「デレック様！　今日はローストビーフの日ですよ！　ローストビーフはいかがでしょう」

見なくてもわかる。デレックとその取り巻きたちだ。

私は決して振り向かないようにして、食事を続けた。騒がしい声は止まらない。

「僕、並んできますね！」

「じゃあ、俺、いつもの席取ってきますね」

「あ、俺、それ持ちます」

私が豆とハムのスープを口に運んでいると、パトリツィアが小さな声で言った。

「バックルンド伯爵のバリー、レーベル子爵家のブレッド、マンネル男爵家のチャーリー……最近はずっと彼らが固定メンバーね」

「本人たちがいいなら、いいんじゃないかしら」

「そうね」

パトリツィアは納得したように、ローストビーフを切り分けた。一口食べて、目を見開く。

「あら、これ、美味しい」

「人気って書いていたものね」

そこに、バリーの声が響いた。

「デレック様、すみません！　ローストビーフ、売り切れでした！」

「だってこれが最後だったもの」

パトリツィアが涼しい顔で、再びフォークを口に運んだ。

‡

そして数日後。

「お疲れ様。今日もダメだったわね」

「……容……赦……な……ですね……」

以前と同じように、くるくる回って踊っても何も変化がなかった私は、やはりバーシア様の大広間でぐったりとソファに座っていた。

「どうぞ」

ユリアさんが差し出した水を、ありがたく受け取る。

「……どうしてダメなのかなあ」

一息にそれを飲み干した私は、ため息混じりにそう言った。

「思うんだけど」

私の向かいのソファに腰かけたバーシア様は、ふわふわした赤毛を揺らしながら言った。

「雑念《ざつねん》が多いんじゃない？」

「ざつねん」

予想外の切り口に、同じ単語を繰り返すしかなかった。

「その感じは当たっているわね？」

バーシア様はなぜか嬉しそうだ。

「雑念って、つまり余計な考えってことですか？」

「そうよぉ」

歌うように肯定され、私は反論する。

「余計なことなんて考えてないですよ？　早く大聖女の能力を開花したいって、そればっかり考えて踊っています」

その気持ちは本当だった。デレックとの婚約の件を抜いても、私はいつしか大聖女になりたいと思っていた。理屈ではなく、心の底から湧き上がる願望として。

――大聖女になりたい。なって、皆の役に立ちたい。

その気持ちを否定されたような気になって、私は少しムキになった。だけど。

「わかってないわね」

バーシア様はコロコロと笑った。

「それが余計な考えなんじゃない」

「え？」

驚いて目を見開く私に、バーシア様は続ける。

「タマラ様も私も、そのときは何にも考えてなかったわ。そこにいる自分でさえ、いないような。そんな気持ちって言えばいいのかしら。難しいわね」

「わかりません……」

「とにかく、今のヴェロニカは、婚約を解消したい、早く能力を開花したいって思いながら体を動かしているでしょう？」

その通りなので、言葉も出ない。

「そうじゃないってこと。婚約も大聖女もなにもかも、自分が自分であることを忘れた瞬間にその扉は開くんだと思う」

「……できる気がしません」

自分が自分であることを忘れるなんて、無理だ。だって、私は私だから私なのに。あれ？　もうよくわからない。

「どうしたらいいんでしょうか？」

バーシア様は面白そうに目を輝かして繰り返す。

「雑念を払うしかないわね」

「それができないから困っているんですが」

バーシア様はストールを肩に掛け直した。

「逆に、とことんまで自分のことを考えるっていうのもいいわよ」

「そんなことしたら、増えるじゃないですか！」

「違うのよ。考え足りないから消えないの。ないことにするからあるのよ」

さっぱりわからない。

‡

その日からしばらく私は、暇さえあれば「どうしたら雑念が消えるのか」ということを考えていた。

新しい雑念でいっぱいになったわけだ。

当然、能力も開花することなく、焦りが加わる。

授業は真面目に受けていたが、放課後など、ぼんやりと教室に残っていることが多くなった。そんなことをしているうちに、ふっと自分が自分であることを忘れたりしないか期待したのだ。

でも、そんなに甘いことはなかった。

さらに私は、自分が自分であることを忘れない代わりに、大事なことを失念していた。

「おい！」

デレックとは距離を取らねばならないということを。

私はその日もひとりでぼんやりしていた。デレックが話しかけるまで。

「聞こえているんだろ！　ハーニッシュ」

私ははっとして顔を上げた。いつもよりさらに不機嫌なデレックが、私の机の前に立っていた。

「え？　私？」

あたりを見回すと、いつの間にか私とデレックしか残っていない。皆、帰ったのだ。どれだけぼんやりしていたのだろうかと我ながら嫌になった。それでも雑念は消えていないのだ。どうしたらいいのか……それにしても……。

「おい、聞けよ！」

また考えにふけようとしていた私にデレックがイライラと言う。

「ほら」

デレックは、辞書と参考書の山を私に差し出した。

「これを持って俺の馬車までついてこい」

「どうして？」

意味がわからず、問い返す。

「いつもの奴らが皆、用事があってな。お前、たまたまそこにいたおかげで俺の役に立てるぞ。よかったな」

いや、よくない。ため息をつきながら私は答えた。

「お断りします」

それくらいが荷物だなんて大袈裟《おおげさ》だ。私だって自分で持つのに。

「何だと？」

「失礼します」

私は自分の荷物だけを手に、デレックに背を向けた。

――明日から、別の場所でぼんやりしよう。

そんなことを考えながら私は教室を出ようとする。と、デレックが叫んだ。

「はん！　知ってるんだぜ！　お前の父親は使用人と再婚したんだろ！」

――は？

思わず振り返る。

「もうすぐ跡取《あとと》りも生まれて、お前なんて用無しだ！」

パトリツィアとの会話を思い出す。

――今さらどうして広まったかわからない噂。もしかして。

「その噂、あなたが広めたの？」

「だったらどうだよ。公爵家なんて言っても、たかが知れているってことさ」

意味がわからない。

私はデレックに向き直った。

「あのね」

敬語なんて使う気にならない。その代わり、一言一言、はっきり言った。

「憶測《おくそく》で物を言わないほうがいいわよ。間違えたとき恥ずかしいから」

「な……！」

「あなたの言っていることは、事実かもしれないけれど、何一つ真実じゃない」

「こいつ！　生意気だぞ！」

デレックは私ににじり寄って、拳《こぶし》を上げる。私はとっさに目を閉じた。

だけど。

――ガタンッ！　ガタガタガタッ！

ばん！

痛みを感じる前に、机が倒れる激しい音と、誰かが殴《なぐ》られる気配がした。

恐る恐る目を開けると、エドゼルが机と一緒に倒れていた。

頬が赤くなっている。

「エドゼル!?」

いつの間に？　どこから現れたの？　それより、怪我？　ど、どうしよう！

私が混乱していると、エドゼルは制服の埃《ほこり》を払いながら、立ち上がった。

「痛ぇ……やりすぎですよ、兄上」

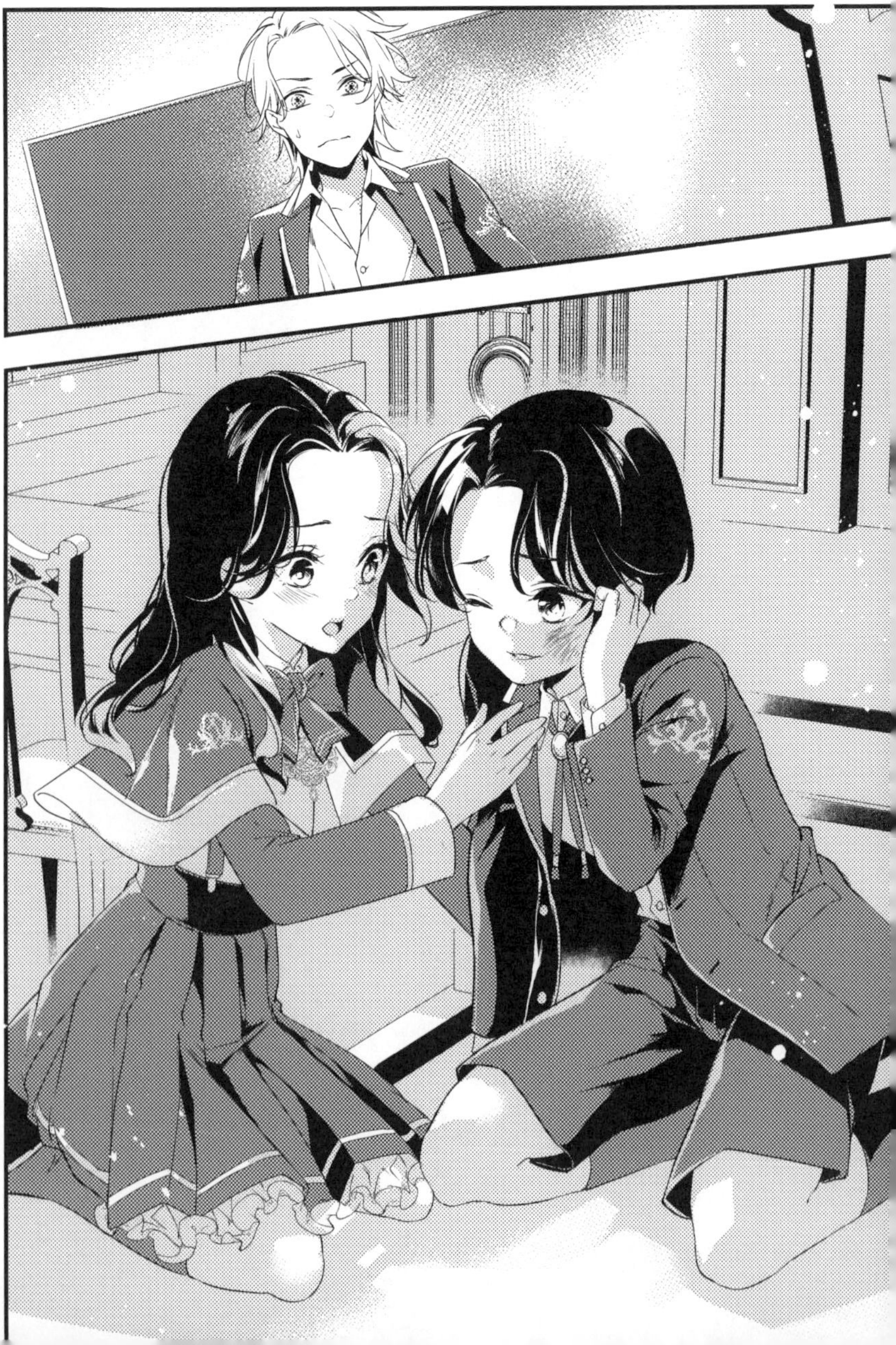

頬が腫《は》れているが、血は出ていないようだ。

「だ、大丈夫？」

それでも私はおろおろとそう聞く。エドゼルは平然と答えた。

「ああ、うん。大したことないよ。それより、怪我はない？」

「私は、全然……」

デレックがぽかんとして言う。

「エドゼル、お前なんでこんなところに」

「偶然ですよ」

「偶然って、お前」

「僕が偶然通りがかったおかげで、王室のスキャンダルを体を張って止められたんですよ？　感謝してほしいですね」

さすがのデレックも、ばつが悪そうに俯いた。エドゼルは痛みなど感じていない様子で続ける。

「……それより兄上、僕はここに来るまでの間に、何人かの先生とすれ違いましたよ？」

「それがなんだ」

「さっきの音を聞きつけて、様子を見に来る先生もいるかもしれないってことです。リングラス王立学園の先生方が、身分より学内ルールを優先するのは兄上のほうがご存じだと思いますが」

「なんだ、お前。俺に命令する気か？　側妃生まれのくせに」

「これ」

エドゼルは、殴られた頬を突き出した。

「彼女を証人にして、兄上に殴られたと先生方に見せに行ってもいいんですよ？」

「脅《おど》すのか？」

「可能性の話です。何しろ側妃生まれなもんで、失うものがあまりない。兄上が素直に彼女に謝罪するなら、僕は勝手に転んだことにしますが」

デレックはむっとした顔をしたが、エドゼルの頬をしばらく見つめてから私に向かって投げやりに言い放った。

「わかったよ！　謝ればいいんだろ！　悪かったな！」

「兄上、そんな言い方――」

「謝罪を受け入れます」

私は急いで口を挟んだ。これ以上、エドゼルを巻き込むのは申し訳なかったからだ。

私は自分の荷物を手にし、精一杯凛《りん》と聞こえるようにデレックに言った。

「ですがそれは今回の件に関してだけです。二度と私の家族を侮辱《ぶじょく》するようなことがないよう願っていますわ。そしてエドゼル殿下にも謝罪を――」

「それはいい」

エドゼルへの謝罪は、エドゼル本人から止められた。

「僕のことはいいんだ。ヴェロニカに怪我がなくてよかった……兄上、もう二度とこんなことがないように頼みます」

デレックはむくれたように黙っている。エドゼルは目だけで私に帰るように促した。

一瞬だけ悩んだが、私はエドゼルに頭を下げ、教室を出た。

エドゼルにお礼を言うのを忘れたと気付いたのは、エントランスを出てからだ。

どうしようかと、校舎を振り返ったが、正直、今、もう一度デレックと顔を合わせたくはなかった。そんな自分がものすごく情けなく思えた。

エントランス脇のリンゴの木の葉が、風に揺れる。

‡

その夜。

悩んだ末に、私は夕食の席で父とアマーリエに放課後の出来事の一部を話した。

父たちの再婚を馬鹿にされたことや殴られかけたことは伏せて、デレックに使い走りにさせられそうになったが、偶然《ぐうぜん》現れたエドゼルが機転《きてん》を利《き》かせて助けてくれたことを手短に伝えたのだ。エドゼルが代わりに殴られたことも、悩んだが言わなかった。

それでも父は眉をひそめた。

「王太子殿下がそんなことを？　婚約者を使い走りにするとはどういうことだ」

隣に座っていたアマーリエも、ナイフを動かす手を止め心配そうに呟いた。

「怖かったでしょう？」

私は、好物の豆のスープを飲み込んでから答える。

「平気よ」

「それならいいけど……」

アマーリエは、大袈裟なくらい悲しそうに目を細めた。ようやく最近つわりが治まって食欲が出てきたアマーリエは、色白で儚《はかな》げな雰囲気のある美人だ。そんな表情をすると、まるでお芝居の一場面のようにドラマティックに見える。ゆるく編んだ金髪の後毛《おくれげ》さえ、アマーリエを引き立てる小道具だった。

「私のかわいいヴェロニカを使い走りにしようだなんて、王太子殿下でも許せないわね……」

でも言うことは親バカだ。

「なんでもなかったんだから、大丈夫よ。ねえ、お父様？」

しかし、父も難しい顔をしてワイングラスを置いた。

「うむ。王太子殿下といえども許し難《がた》い。陛下に進言するか……？」

「ヴェロニカに護衛を付けるというのはどうでしょう。とにかくヴェロニカを守る忠誠心に長《た》けた者を」

「悪くないな」

「護衛なんていらないからね！」

きっぱり言うと、アマーリエが困ったように私を見た。

「だって……ヴェロニカは優しいから、辛いことがあっても控《ひか》えめに報告するんじゃないかしら。護衛がいたら、守るだけでもなく、証言の役にも立つでしょう」

鋭《するど》い。話していないことがあると、感じ取られている。

――さすがはお義母様《かあさま》。

胸に暖かいものを感じながらも、窮屈《きゅうくつ》な護衛付き学校生活を阻止するために、私は話を変えた。

「大丈夫ったら大丈夫！　それより、相談したいのはデレックじゃなく、エドゼルのこと」

デレックに関しては、どうでもいい。

「エドゼルにお礼を伝えたいんだけど、どうしたらいい？」

デレックにやられただけなら黙っていたかもしれないが、エドゼルに感謝の気持ちを伝えるにはどうしたらいいか知りたくて、相談したのだ。デレックと婚約するまでは、回数は多くなかったが手紙のやり取りをしていたのだが、今はそれも控えていた。かといって、今の私の立場では学校で声をかけるのも躊躇《ためら》われる。

父は、ワインのおかわりを執事のフィリベルトに合図してから答えた。

「それなら気にしなくていい。時間のあるとき、私から陛下に伝えよう。第二王子殿下に娘が助けられたと」

「陛下を通したら、話が大きくなりすぎるんじゃない？」

「大きくなったらまずいのか？」

「だって、エドゼルは微妙《びみょう》な立場でしょう？」

私の行動が、エドゼルの足を引っ張るのは避けたかった。

「陛下の耳に入れたりするのがいいことかどうかわからないなって思ったの」

新しいワインを口にしながら、父が少しだけ面白くなさそうに尋《たず》ねる。

「心配しているのか？」

私は、きょとんとして首を振った。

「私に心配されるようなエドゼルじゃないよ」

父はさらに、苦々しい顔になる。

「じゃあなんだ？」

あのワイン、そんなに渋いのかしらと思いながら、私は正直に言った。

「責任を感じているの」

「それはつまり——」

「んんっ、こほん」

アマーリエが咳払いをした。父はため息をついて、言い直す。

「ヴェロニカ、今度宮殿に一緒に行こう。そのとき、直接第二王子殿下にお礼を言えばいい。第二王子殿下は、最近図書館でよく見かけるとの話を聞く。確実に会える日を調べておこう」

「図書館？」

「ああ。そういえば宮廷騎士団にも入ったらしい。一緒に訓練しているようだ」

――知らなかった。

しばらく会わないうちにどんどん変化するエドゼルに、一抹の寂しさを感じたが、すぐに打ち消した。

‡

そして数日後。

「図書館はあっちだ。後で迎えに行くから」

「はい。お父様」

私は宮殿の図書館に、初めて足を踏み入れた。休日の午後は、だいたいエドゼルがここにいると父が調べてくれたのだ。

「ヴェロニカ・ハーニッシュです」

父から預かった許可証を見せると、騎士の一人が微笑んで扉を開けてくれた。とても渋いおじさん……お兄さんかな。

そんなことを考えながら吹き抜けのエントランスを抜けると、天井までみっしりと本が並べられた天国のような空間が広がっていた。

「うわあ……」

大きい声を出さないように注意しながら、私はそろりと歩き出す。敷き詰められた絨毯《じゅうたん》が音を吸い取るのか、とても静かだった。

私は息をひそめて、あちこちの棚を移動した。すると。

「ヴェロニカ？」

目の前に、私を見つめる黒い瞳があった。私と変わらない目線に、黒い髪。目的を忘れかけていた私は思わず声を出す。

「エドゼル！」

「しーっ！」

「あ、ごめんなさい」

エドゼルは笑いながら、受付カウンターを指した。

「司書のミランさん、厳しいんだ」

納得していると、エドゼルは囁き声で付け足した。

「本を借りにきたの？」

「本より、エドゼルに会えたらいいなと思って、父に頼んで連れてきてもらったの」

「僕に？」

頷く私に、エドゼルは意外そうに瞬きをした。それから、

「じゃあ、外で話をしない？」

と微笑む。

そんなわけで私は、エドゼルと庭園のはずれにある屋根付きの休憩所に移動した。

「さあ、どうぞ」

エドゼルはベンチにハンカチを敷いてくれたが、座る前に私は頭を下げた。

「エドゼル、この間はありがとう。お礼を言えずに帰っちゃってごめんね」

「もしかして、それを言うためにわざわざここまで？」

「うん……怪我は大丈夫だった？」

「あれくらい大したことないよ」

確かに、腫れも赤みも無くなっていた。

「大騒ぎにならなかった？」

「全然」

居心地悪そうなエドゼルを見て、聞いてはいけない領分なのかもしれないと、焦った私は早口で

一気に言い訳した。

「あ、その父にも相談したりしていろんな方法を考えたんだけど、あまり人目につかない方がエドゼルの負担にならないかと思って、国王陛下に進言するとか父は言ったんだけどそれもエドゼルにとって嬉しくないかもって思って、でも学園も人目につくし迷惑かと……あっ、もちろん全部私の勝手な考えなんだけど！」

エドゼルは長いまつ毛をパチパチと動かしていたが、堪《こら》えきれないように笑った。

「ありがとう」

「お礼を言うのは私なんだってば。その後、意地悪されていない？」

気になっていたことを聞いたが、エドゼルは笑った。

「ただの兄弟喧嘩《きょうだいげんか》だよ」

そんな簡単なものじゃないことくらい想像はつく。でもエドゼルはそれ以上言わなかった。

「ヴェロニカこそ、どう？　無理言われてない？」

むしろ私のことを気にしてくれる。

「大丈夫」

私が心からそう言ったのを、エドゼルはちゃんと受け止めてくれた。安心したように呟く。

「よかった……実は、学園でそれとなく様子を窺《うかが》っていたんだ。兄上のクラスが移動教室のときなんか、こっちの校舎から見えるからさ」

「え！」

――見られていた？　誰を？　私を？　デレックを？

私の動揺を感じ取ったのか、エドゼルは慌てたようにこちらを向いた。

「あ、変な意味じゃなくて！　遠目から、ちょっとだけ」

「あ、そういう……」

「いつも明るく笑っていたから大丈夫そうだと思っていたんだけど、こうして直接聞けてよかった。ありがとう」

「こちらこそ」

エドゼルはいつも優しい。お礼を言うのは私の方なのに。


それから久しぶりにエドゼルとまとまった話をした。

といってもたわいもない近況ばかりだ。騎士団で毎日しごかれているらしい。

「どうして騎士団に入ったの？」

父から聞かされたときから不思議だったのだ。エドゼルの立場なら、しごかれるより守られる方ではないだろうか。でも、嬉しそうに笑った。

「なんでも身につけられることは身につけたいんだ」

「偉いね……」

能力の開花という、たったひとつのことに手こずっている私は素直に尊敬した。

「ヴェロニカの方が偉いよ」

なのに、エドゼルはそんなふうに言う。

「何にもやり遂げていないのに？」

「自分で切り開いた。それだけで十分すごい」

「褒めすぎだよ」

そう言いながらも、私はエドゼルと話していると、新たな力が湧いてくるのを感じた。だからもう一度お礼を言う。

「エドゼル、ありがとう。エドゼルと話していると、これからもがんばろうって思える」

返事がないので、顔を覗き込む。エドゼルは頬を真っ赤にしていた。

「ど、どうしたの⁉　暑い？」

「いや、うん、まあ、そう」

私にはちょうどいいくらいなのに、鍛《きた》えていると違うのかもしれない。

「移動する？　図書館に戻る？」

「いや、もう、うん。落ち着いた。ここがいい」

「そう？」

無理をさせている気がして、私は言いにくかった本題を切り出すことにした。でも、ちょっとだけ勇気が出ない。いや、ダメだ。それを言うために来たんだ。

ゆっくりと言葉を紡ぐ。

「エドゼル、あのね」

エドゼルの瞳が不安げに揺れた。察したのだ。私が言おうとしていることを。

「私といると、エドゼルに迷惑がかかるから、もう会わない方がいい」

「もともとそんなに会ってないよ？」

「うん。そうなんだけど、少しも会わない方がいい」

それが私の出した結論だった。

「でも、また兄上が」

エドゼルが最後まで言う前に、私は繰り返した。

「大丈夫」

私に関わることで、エドゼルの立場が悪くなる可能性がある。いつまでもエドゼルに甘えていてはいけない。

「私、強くなる。だから大丈夫」

それにエドゼルは優しいから。

私がはっきり言わないと、絶対また助けてくれようとする。

エドゼルは心配そうな目で私を見つめた。

「また殴られるかもしれないのに？」

「もう殴られない」

「どうして」

「言ったでしょ？　私が強くなればいいの。もしかして、できないと思ってる？」

「……うん、いや……」

エドゼルは少し黙ってから、首を振った。

「きっとヴェロニカなら大丈夫なんだと思う。僕が、役に立ちたいだけなんだ。それでもダメかな」

嬉しかった。だからこそ、私はきちんと断った。

「そう思ってくれるなら、なおさら私を信じて」

「信じる……？」

「私なら、意地悪なんかに負けないって信じて」

だって、そうでなきゃ、私の代わりにエドゼルが殴られる。もしかして、私の知らないところでそれ以外のひどい目にも遭《あ》うかもしれない。

だったら、自分が強くなる方を選ぶ。

「……わかった」

エドゼルが困ったように、そう言った。

「ありがとう」

私がお礼を言うと、エドゼルは、ふう、と小さく息を吐いた。

「君はもう十分強いよ」

「そんなことない」

言うべきことを言ってしまった私は、他に何を言えばいいのかわからなくなった。エドゼルもそうなのか、お互い視線を下げて自分の靴ばかり見ているうちに、私の父が迎えに来た。

「ヴェロニカ、ここにいたのか」

エドゼルが立ち上がったので、私も立つ。

「じゃあ」

また、とは言わなかった。エドゼルも言わなかった。なんとなくお互い、小さく笑い合ってから別れた。

――ありがとう。

歩き出した私は、もう一度だけ、振り向いてお礼を呟いた。

聞こえなかったと思うけど。

そして、五年の月日が過ぎた。

私は十七歳になった。

相変わらず学園に通いつつ、宮殿でのマナーや歴史、ダンス、語学、王妃様とお茶会など、王妃教育をこなす毎日を送っている。

同時に、大聖女候補として、バーシア様の元で祈りや儀式についての知識を学ぶ。

エドゼルと二人きりで会うことはもうなかったが、デレックとも距離ができた。

大聖女の能力を開花させることに集中したいと、父から陛下に頼んでもらったのだ。おかげで、月に一回のデレックとのお茶会はなくなった。もともと、デレックがすっぽかしてばかりだったのだが。

学年が変わると、クラスが一緒になることもなくなった。

アマーリエは無事に男の子を出産し、チェスラフと名付けられた。幼い弟に家中がメロメロだ。

そして、私は最終学年を迎えた。


——大聖女の能力が開花しないまま。

ヴェロニカたちが最終学年を迎えてしばらく経った頃。

リングランス王立学園には珍しく、季節外れの転校生が編入した。

「フローラ・ハスです。よろしくお願いします」

ピンクブロンドの髪をなびかせて、彼女はそう挨拶した。

三章　薔薇を嫌う人は珍しい

私とフローラが初めて顔を合わせたのは、学園の薔薇《ばら》園だった。

生徒たちがほぼ帰ってしまう時間帯なのに、ピンクブロンドの髪の女の子が、心細そうにひとりで佇《たたず》んでいたのだ。

制服じゃなかったのも気になって、思わず声をかけた。

「どうかしました？」

「え？」

彼女はゆっくりと振り向いて、戸惑ったような顔を見せた。慌てて私は自己紹介する。

「私、生徒会副会長のヴェロニカ・ハーニッシュと申します。よかったら、ご案内しましょうか？」

「もしかして、王太子殿下の婚約者のヴェロニカ様ですか？」

「はい」

十五歳のデビュタント後の夜会で、陛下は私とデレックの婚約を公表した。それ以来、こう聞かれることが多くなった。大聖女の能力が開花していない私はそれを止める術《すべ》はない。聞かれるたびに、そうです、と答える。

「……そう、あなたが」

その美しいグレーの瞳が陰った気がした。

「私のことをご存じなのですか？」

覚えていないけれど、どこかでお会いしたのかもしれない。そう思って聞くと、彼女ははっとしたように顔を上げて、微笑んだ。

「お名前だけ存じ上げていました。有名なお方にお目にかかれて光栄です」

「そんなこと」

有名なのはデレックで、この場合の私はオマケみたいなものだ。恐縮《きょうしゅく》していると、彼女は優雅に自己紹介した。

「私、フローラ・ハスと申します。来週からこちらに通うんですけれど、父とはぐれてしまって」

こんな時期に転校生とは珍しい。

「一緒にお父様を探しましょうか？」

生徒の保護者なら、応接室や貴賓室《きひん》にいる可能性が高い。

「あ、いいえ。この辺で待っていればきっと現れると思うんです」

そう言いながらも、フローラは薔薇から目を離さなかった。

「薔薇、好きなんですか？」

今咲いているのは、薄いピンク色の品種だ。彼女にぴったりだったけれど、彼女は首を振る。

「いいえ。嫌いです」

「そうなの？」

薔薇を嫌う人は珍しい。不思議に思ったのが伝わったのか、彼女はにっこり笑って続けた。

「薔薇がもてはやされるのは、植えられた場所に恵まれているからですよね」

日当たりとか、風当たりのことかと思ったら、フローラはまったく違うことを言った。

「この季節、この場所に植えてもらっているから、もてはやされているだけ。薬草の畑の真ん中にこの薔薇が一本だけ咲いていたら、邪魔な薔薇めと抜かれてしまうわ」

私は畑のど真ん中に一本だけ咲く薔薇を想像して、感心した。

「……本当だわ」

新鮮で、独特の発想だった。

「そんなふうに思ったことなかった。フローラさんって、すごいですね」

「……すごくなんか」

声が暗くなったので、おや、と思った。だけど、私が何か聞く前に、男の人の野太い声が響く。

「ここにいたのか。待たせたな」

「お父様」

その言葉にちょっと驚いた。

フローラと全然似ていなかったのだ。

茶色く短い髪と、浅黒い肌をした父親は、野心を感じさせる瞳が印象的だった。派手な上着に身を包み、いかにも裕福そうだ。

「お友だちか？」

「いいえ。迷っているかと思って気にかけてくださったんです」

「それはそれは」

父親は私にも愛想よくお辞儀をした。

「何もしておりませんが」

では、と立ち去るフローラたちを、私はなんとなく見送る。

向こうから歩いてきたリネス先生に声をかけられるまで、その場にいたのだから我ながらぼんやりしすぎだ。

「ハーニッシュ？　どうした？」

「あ、いいえ。なんでもありません」

リネス先生は、この五年間でさらに薄くなった白髪頭を触りながら小言を述べた。

「それならいいが、君、こんなところでさぼってないで、大聖女の能力の開花をがんばりなさいよ」

「……はい」

「ラノラトの民に近付くんだと張り切っていたあの気持ちを忘れないようにね」

返す言葉もない。

私があまりにも能力を開花できないので、副神官のツェザリ様の提案で一年ほど前から、古代語やラノラトに詳しいリネス先生に協力してもらうことになっていた。

リネス先生は学術的な興味からあれこれ助言をくれたけれど、どれも実らなかった。

大聖女になりたいと強く望む気持ちはあの頃と同じようにあるのに、能力を発揮できないことで私は毎日、焦りを感じていた。だけど現実は変わらない。自分が嫌になることもしばしばだ。

「がんばります」

「よろしい」

精一杯、それだけ言うと、リネス先生は立ち去った。その背中もついでに見送る。

フローラと父親は、もう正門を出たようだった。

薔薇の話を思い出した私は、フローラともう一度ゆっくり話したいと思った。

——校内で会えたら、また声をかけてみよう。

そう思ったけれど、彼女と話すことはそれ以後、なかなか叶わなかった。

転校してきてからのフローラは、デレックとずっと一緒にいるようになったから。

‡

ヴェロニカがフローラと出会ったその翌日の午後。

「なんということだ。あの娘はまだ大聖女の能力を開花させていないのですか？」

神殿の応接室で、ツェザリは苛立った声を出した。

「まあ、これぱっかりは思うようにはいきませんよ。焦らせておきましたから、またがんばるでしょう」

のんびりと他人事のように答えるのは、リネスだ。

ヴェロニカに助言を与えるようツェザリから頼まれて以来、リネスは定期的にこのように神殿に来てツェザリに報告をするようになっていた。

だけど、それも今日で終わりだ。

神殿の独特のお茶を飲みながら、リネスはあっさりと告げる。

「申し訳ないんですけどね、一年、関わらせてもらって、特に変化もないようですし、私の役割もここまでにさせてもらいますよ」

「なんだと？」

ツェザリは本気で驚いた顔をした。

「正直申し上げて、もう飽きたんですよ」

「研究の一環として大聖女候補に助言をするのは興味深かったんですが、どれも成果はでませんでしたからねえ。私にできることはここまでです」

リネスは、自分の本業は研究であって、ツェザリのような若造の言うことを聞くのは本意ではないと考えていた。研究の役に立たないなら手を引くに決まっている。

「だが……！」

それでも食い下がろうとするツェザリは、リネスは最後の親切心で教えた。

「そもそも、副神官様がそこまで関わる必要はないでしょう？」

「しかし、大聖女候補として能力を開花させるのはあの娘の義務であり、それができなければ大人しく神殿で修行すべきだ」

「ハーニッシュ嬢はちゃんと授業を受けていますし、課題もこなしています」

「当たり前だ」

「だから、私が関わるのはそこまでってことです。他の生徒と区別するのは今日で終わりです。彼女は私にとってひとりの生徒だってことですよ。大聖女の能力があろうが、なかろうが」

「屁理屈を……」

リネスから見れば屁理屈を言っているのはツェザリだが、それを指摘してやる親切心はない。

おそらくツェザリは、自分の中の正義を持て余しているのだとリネスは思う。

自分自身は神殿で修行をしているのに、ヴェロニカが自由を手に入れようとしているのが許せないのだ。そして、そんな自分の感情に蓋《ふた》をして、大聖女の能力を開花させるという大義名分で誤魔化している。

「副神官様とラノラトの話ができたのは楽しかったですよ」

リネスは喰《く》えない顔で微笑んだ。

「だけど、繰り返しますが私にできるのはここまでです。後は別の人に頼んだらどうですか？」

「別の人に何を頼むのだ？」

「そうですね……」

特に何も考えていなかったリネスは、思いつくまま口にした。

「王妃ウツィア様に、もっとハーニッシュ嬢が大聖女の修行に励むように頼んでみるのはどうでしょう？　王妃教育を減らして修行に当ててくれるかもしれない」

「王妃教育を減らしてくれるわけがない」

「意外と話せばわかる方です」

ウツィアとは何度か話したことはある。

自分の気が向くことにならば、便宜を利かせるのがウツィアだとリネスは知っていた。

「しかし、王妃様といきなりそんな話ができることは……」

ツェザリが悩みながらも心が動かされているのを感じたリネスは、無責任に言い放った。

「一度手紙を書いてはどうです？」

「ふむ……そうしてみようか」

ツェザリは、試してみる価値があると考えた。

——やめておけばよかったと、後から何度も思う羽目になるとは知らずに。

‡

フローラとの出会いから、数日が過ぎた。

私の放課後は、デレックを探すことから始まる。その日もそうだった。

教室に迎えに行って、さっき出て行ったところ、と言われて、生徒会室を訪れた。ここはいない確率の方が多い。

「またいない……」

「チャーリー、デレックもう来ている？」

扉を開けながら、中を覗くと、案の定、チャーリー・マンネルしかいない。チャーリーは手元の書類から目を離さず答えた。

「まだ来ていないな」

背が高く、体も大きいチャーリーは、あの頃からのデレックの取り巻きのひとりだ。

取り巻きたちの中で一番優秀な成績を誇っていた彼は、今もそれを維持しつつ、美術部の部長も兼任し、生徒会の会計も担当していた。

もちろん、他のメンバーも健在だ。

バリーことバリー・バックルンドは庶務《しょむ》で、ブレッド・レーベルは書記。

デレックの手足となるべく動く彼らは、やる気さえ出してくれたらかなり優秀だった。肝心のデレックだけが、相変わらず人任せでやる気がないのだけど。

「生徒会長になっても本当に変わらなかったわね。毎日ふらふらしていた」

私が呟くと、チャーリーが下を向いたまま答える。

「王太子殿下はじっとしているのが嫌いだから」

皮肉というわけでもなさそうだ。私は肩をすくめる。

「そうね」

学年が上がるにつれ、デレックと彼らの間にも変化が見えた。一番距離ができたように見えるのがチャーリーで、ついでブレッド。変わらないのがバリー。ちなみにチャーリーは、卒業後は文官になることが決まっている。バリーとブレッドは未定だ。

――そして私は。

ため息を隠して、私はキャビネットに並んでいるファイルのひとつを手にした。自分の席に座って、これからの予定を確認する。

「デレックたちが来ないから、とりあえず卒業パーティの予算は私が進めておくわね」

まだまだ先の話ではあるが、卒業式が終わった後、学園の大広間を使って卒業パーティを行うのが学園の習わしだ。生徒会としては、それが最後の仕事になる。その準備も進めなくてはいけない。

チャーリーが付け足した。

「各委員会の報告書チェックと最終確認も急ぎだけど」

そうだった。私は、少し考えてから答える。

「その件は今日中じゃなくても大丈夫だから、明日にでもバリーとブレッドに手分けしてやってもらいましょう」

デレックに誘われるとすぐにサボるバリーとブレッドだが、言えば仕事はしてくれる。言わなければしないけど。

自分の手帳を見ていたチャーリーは、思い出したように言った。

「そういえば、そろそろ新しい生徒会長が決まる頃じゃないか」

その言葉に、私は目を丸くする。

「本当だわ！　やだ、忘れてた」

私たちの卒業に伴い、生徒会メンバーも一新されるのだ。

「あっという間だったわ……追い出される側ってこんな感じなのね」

私はため息をつく。大聖女の能力で焦る一方、公爵令嬢として、学園の生徒として、副会長として、デレックの婚約者として毎日忙しすぎた。

「となると、その引き継ぎもしなくちゃいけない……」

会計は新会計に、書紀は新書紀に、それぞれ引き継ぎを行うのが恒例だ。チャーリーが言う。

「報告書チェックと引き継ぎの件、バリーとブレッドには俺から言っておくよ。その代わり」

私は後の言葉を引き取った。

「デレックには私が言っておくわ」

「よろしく」

デレックに何か伝言するのは私の役割になっていた。あれこれメモしながら、私は呟く。

「そういえば、新しい会長は誰なのかしら。候補者の名前、まだ出回っていないわね？」

今頃の時期になると選挙の話題でもちきりなのに、噂にもなっていない。それもあって忘れていたのだ。ところがチャーリーは不思議そうに私を見た。

「知らないんだ？」

「何を？」

「いや、それならそれでいい。ただ、大体予想はつく」

「予想って？　候補者の名前が出回っていないこと？　それとも新しい会長？」

チャーリーは意味ありげに笑った。

「両方ともそのうちわかるだろうから、今は言わないでおく」

「何それ」

チャーリーはそれ以上何を聞いても答えず、再び書類に没頭《ぼっとう》し出した。

——なんなのよ、もう。

いまいち釈然としなかったけれど、デレックを探さなくてはいけないことを思い出した私は、生徒会室をチャーリーに任せて、引き続き校内を回ることにした。

もう一度確認すると、デレックの馬車はまだある。学園内のどこかにいるのだ。

——中庭かしら。

屋根付きの休憩所がいくつかある広い中庭は、リングラス王立学園の名所のひとつだ。デレックのお気に入りの場所でもあるのだが、とにかく敷地が広いので大変だ。

うろついている間に、顔見知りの下級生たちとすれ違う。

「ヴェロニカ様、さようなら」

「ヴェロニカ様、ごきげんよう」

「ヘルミーナ様、ヨゼフィーネ様、お気を付けて」

きゃあ、とはしゃいだ声が返る。皆、無邪気《むじゃき》で可愛らしい。けれど、近くには寄ってこないのだ。デレックは私の顔が怖いからだと言うけれど、さすがにそれはないと信じている……多分。そんなことを考えながら歩いていると、よく知った顔が前から近付いてきた。

「ヴェロニカお姉様は今日も人気ね」

「パトリツィア！」

今から帰るのか、パトリツィアは荷物を手に持っていた。最終学年ではクラスが離れてしまったけれど、変わらずランチは一緒だ。パトリツィアはおっとりと笑って、囁くように言う。

「王都に新しいケーキのお店ができたって聞いたの。どう？」

私はしょんぼりした声で答えた。

「魅力的すぎる提案なのだけど……生徒会の仕事がまだあるの」

「答えがわかりながら聞くけど、会長様は？」

「うーん」

私の声はさらに小さくなる。パトリツィアはため息をついた。

「ヴェロニカはこなしすぎなのよ。だから押し付けるんだわ」

「わかってる……」

「あら、素直」

「でも、私が手を出さなかったら永遠に滞っている案件がいっぱいなのよ」

「それをあえて放っておくのよ」

「放っておけない！　やっちゃうのよね」

「できるからっていうのもあるわよね」

パトリツィアは手を伸ばし、私の髪の乱れを直してくれた。あちこち歩き回ったせいで乱れていたのだ。ありがとう、と小声で言うと、眉を下げて困ったように微笑む。

「でもね、ヴェロニカ。自分のことを後回しにするのと、仕事をするのは別よ？　最近、さらに疲れているみたい。何か悩みがあれば言ってね」

お見通しだ。

「うん……その新しいお店のケーキ食べたいわ。今度絶対に行く」

「約束よ」

パトリツィアの言葉に私は力強く頷いた。


中庭にたどり着くと、デレックは屋根付きの休憩所のベンチの上で昼寝をしていた。私の苦労など知りもせず、目を閉じている。

「デレック。今日は生徒会の日なんだけど」

上から覗き込むようにして話しかけると、ゆっくりと瞼《まぶた》が開いた。

「……なんだお前か。こんな時間まで何やってんだよ」

半身を起こして伸びをするデレックに、淡々と答える。

「あなたがしない生徒会の仕事をしていたら、こんな時間なんですよ」

「ああ、忘れていた」

「今からでもいいから出て」

「あ、無理」

どうして、と聞く前に、見覚えのある女子生徒がこちらに駆け寄ってきた。

「すいません、お待たせしました」

「寝てたから大丈夫だよ」

「ふふふっ」

デレックに笑いかけてから、女子生徒は私にぺこりと頭を下げた。

「この間はありがとうございました」

「ハスさん？」

「はい。どうぞフローラと呼んでください」

薔薇を眺めていたフローラがそこにいた。制服姿だったので、一瞬わからなかった。なぜか、デレックが胸を張って言った。

「彼女、転校生だって。不慣れだろうから、俺が案内しようと思って待ち合わせしていたんだ」

――待ち合わせまでして学校案内？

そういうのって、休憩時間に友だちと回るものではないのだろうか？　疑問には思ったが、それ以上詳しい説明を聞く気もなくなった。フローラは気遣うようにデレックに言う。

「すみません。私のためにわざわざ。お忙しいでしょう？」

「いや、全然？」

デレックのにこやかな笑顔に腹が立つ。お忙しくないデレックに思い出させるように私は口を開きかけた。

「でも生徒会」

「誰か暇な奴に手伝ってもらえよ」

「……明日は出てよね」

思うところはいろいろあるが、こうなると今日はもう無理だ。私は諦めてその場を去ることにした。時間が惜しい。

「それでは」

背を向けて立ち去りかけた私を、引き止めたのはフローラだった。

「あの」

「はい？」

「これからもよろしくお願いします」

「……こちらこそ」

よくわからなかったが、礼儀正しい子なのだと思った。

‡

ヴェロニカがフローラと再会の挨拶を交わしていたそのとき。

エドゼルは騎士団の演習を終えて、急いで学園に戻ろうとしていた。いつもは登校前の朝練に加わるだけなのだが、大事な演習には学園を休んででも参加するように言われているのだ。

入団して五年。そうやって認めてもらうのは嬉しいことだったが、今日ばかりは少し気が急いた。

「お疲れ！　エドゼル」

「ありがとうございました」

年長の騎士たちが次々と、更衣室を出ていく。エドゼルは一人一人に礼をして返した。ここでのエドゼルは第二王子ではなく、単なる下っ端だ。

「今から学校に戻るんだって？　居眠りするなよ？」

歳の近いマックス・シュレイバーが、からかうように言ってくる。

「もうしませんよ、そんなこと」

エドゼルは澄まして答えた。

「昔はしてたのかよ」

マックスが明るい笑い声を上げて出て行くのも、いつものことだ。

最初は着いていくのも難しかった訓練も、今は余裕でこなせるようになった。その変化が嬉しい。

汗を拭いたエドゼルは、自分も制服に着替えて、馬車に乗る。

普段は通学時間も無駄にせず、本を読んだり勉強をしたりするのだが、今日はどちらも手につかない。

エドゼルは諦めて、窓の外の景色を眺めて、落ち着こうとした。

――つまり、緊張しているんだな。

我ながら情けない。

――でも、無理もない。

今日、この後、五年ぶりにヴェロニカと会話する予定なのだ。

とはいえ、約束をしているわけではない。会う口実ができたから会いに行く。それだけだ。

今までだって目が合うことはあったし、微笑みを交わすこともあった。手を振り合ったこともある。でも、きちんとした会話はまったくしていなかった。お互い避けていたからだ。

相手を、じゃない。相手に迷惑がかかることを、だ。

ヴェロニカが、自分のためを思って距離を取っていることに気付いていたエドゼルは、遠くから見守るだけで満足しようとしていた。万が一、何か力になれることがあればそれだけで嬉しい。それくらいだ。

その「万が一」のために、エドゼルは努力した。ラノラトの研究や、古代語の勉強、騎士団で体と技を鍛えること。

それはそれで、楽しかった。

むしろ、離れている方が努力できた。ヴェロニカの顔を見ると、どうしていいかわからなくなるから、離れているくらいがちょうどいい。

あるいは、そう言い聞かせることで、近付けない現状から目を逸らしていたのかもしれない。

学校というのは面白いところで、一学年違うだけで見える景色が全然違う。

同じ校舎を使っていても、同じランチを食べていても、一学年違うだけで重なり合うことはない。

——近いようで、とても遠い。

でも、それでいい。エドゼルにとってヴェロニカは永遠に先を歩む先輩。それだけだ。

それだけのつもりだった。

——何度も、そう思うとしたのに。

デレックがヴェロニカをもっときちんと大事にしていたら、エドゼルはそれ以上望まなかった。

ヴェロニカが大聖女になっても、ならなくても、デレックがヴェロニカを大切にし、ヴェロニカがそれを望むなら、二人の行く末を祝福し、臣下として国に身を捧げるつもりだった。

でも、そうじゃなかった。

二人の婚約が発表されたデビュタントで、デレックが終始不機嫌な顔をしていたのを、エドゼルは見ていた。その隣でヴェロニカが諦めたように作り笑いを浮かべているのも。

——どうして大切にしないんだろう。

そのときエドゼルは、怒りで拳を握りしめながらそう思った。

——僕なら。僕なら。僕なら。

そう思いかけては、何度も打ち消した。それは思ってはいけないことだ。ヴェロニカに迷惑がかかる。ヴェロニカのためを思うなら、自分は身を引くべきだ。

そう考えて、なんとか折り合いをつけようとしていたエドゼルだが、婚約を発表した後も、バーシア様の元で変わらず大時計台の掃除をしているヴェロニカを見かけて、考えが変わった。

――彼女は、大聖女になることに真剣に取り組んでいる。

エドゼルはそう感じ取ったのだ。

だから、最後にほんの少し欲を出した。

今までの自分の努力を、彼女の役に立たせたい。ほんの少しでも、使えるものがあれば使ってほしい。そう思ったのだ。大聖女の能力を開花するために、彼女の力になりたい、と。

「いや、それは嘘だな……」

考えにふけっていたエドゼルは、そこで皮肉な表情を浮かべた。

――結局、僕は自分のことしか考えていない。

隣にいるのは自分じゃなくてもいい。

でも、あんな笑顔は見たくない。ヴェロニカが、あんな作り笑いでこの先を過ごすかと思うと耐えられない。それだけだ。

でないと。

――諦められない。

「我ながら、みっともなくて情けなくてカッコ悪いな……」

でも、これで最後になるはずだ。

彼女が心から笑ってくれるなら、彼女が自分を選ばなくてもいい。

その手伝いを、今日から勝手にすることにした。

時間も、距離も、諦める理由にならなかった。

エドゼルにとって、これは最後の諦める努力だった。


そして、たどり着いた放課後の学園。

エドゼルは、生徒会室の扉の前に立って、深呼吸した。

ヴェロニカに会うために。

‡

生徒会室の扉がノックされた。

「どうぞ」

チャーリーかバリーだと思った私は、顔も上げずにそう言った。

「失礼します」

だけど、どちらの声でもなかったので、慌ててファイルから目を離して立ち上がった。

「え？」

「久しぶり。ヴェロニカ。忙しそうだけど、ちゃんと休息取ってる？」

「エドゼル？」

どれくらい間が空いたかわからないくらい久しぶりに、エドゼルが私の目の前に立っていた。

「どうして？」

懐かしいような、恥ずかしいような、よくわからない気持ちばかり出てきて、言葉にならない。

エドゼルはすたすたと奥に進み、デレックの机の後ろの窓を大きく開けた。

「うん、やっぱりいい景色だね。外から見ていて、どんな感じなのかなって思っていたんだ」

「えっと、エドゼル？」

混乱する私を楽しむように、エドゼルは振り返って笑った。開け放った窓から、青空が見える。

「今日から、ヴェロニカの代わりに生徒会の仕事を手伝おうと思ってきたんだ」

すごく背が伸びた。

声も、低くなっている。

「代わりにって、そんな」

混乱する私に、そんな説明をされても通じない。

私はなんとなく、チャーリーの席に視線を向けた。いつもならもう来るころなのに、どうして今日はいないんだろう。エドゼルはそれだけで理解したようだ。

「マンネル先輩なら、さっき会ったよ。僕が来るなら後は任せるって帰った。久しぶりに美術部に顔を出すって」

——仲良しなの？　いつの間に？

エドゼルがそこにいて、昔みたいにしゃべっているというだけでもどきどきするのに、次から次へと新しい出来事が出てきてもうお手上げだ。

「ちゃんと説明するから、座ってよ、ヴェロニカ」

「あ、うん」

言われた通りに、私は副会長の席に着く。

すると、エドゼルはデレックの席、つまり生徒会長の席に座った。

——いくらなんでもそれはバレたら怒られる！

デレックがここに来ることはほとんどないけど、バリーやブレッドが顔を出すかもしれない。

でも、エドゼルはそんな私を面白そうに見つめて笑った。

「今日からここは半分僕の席だよ」

多分、わざと説明を焦《じ》らしている。

「え？」

私の反応を見て楽しんでいるのだ。私がそこまで理解したことを、エドゼルはすぐに察した。何もかもお見通しのような顔をして、エドゼルは言う。

「次期生徒会長に立候補したんだ」

誰が、と聞こうとしてひとりしかいないことにすぐ気が付いた。

「エドゼルが？」

「そう。他に候補者がいないから承認された。それが今日。だから、これからは引き継ぎのためにヴェロニカにいろいろ教えてもらわなきゃならないんだ」

「つまり、次の生徒会長はエドゼルなのね」

「そういうこと」

私は昨日のチャーリーの意味ありげな態度を思い出した。

――知ってたのね。

頭の中を整理しながら、一応建前を口にする。

「でも引き継ぎってことは……私じゃなくデレックとするものじゃない？」

生徒会長同士でやりとりするのが恒例なのだ。だけど、エドゼルは吹き出した。

「冗談言わないでよ。兄上が何を引き継げるっていうの」

――あ、それも知っているのね。

チャーリーあたりに聞いたのかもしれない。エドゼルは私を説得させるように続ける。

「先生の許可も取ってある。文句があるなら兄上に目の前で引き継ぎをしてもらえばいい。何もできないでしょ」

「それはそうだけど……」

エドゼルは付け足した。

「ていうのは、いいわけでね。ごめん。さすがにお節介したくなったんだ」

「え？」

「生徒会の仕事なんて僕が全部するから、ヴェロニカは大聖女の能力を発揮するために時間を使いなよ？」

痛いところを突かれて、思わず黙った。

「忙しいんでしょう？」

無言の私を面白がるように、エドゼルは付け足す。

「さっきすれ違ったんだけどね、メイズリーク嬢も、仕事が多すぎてヴェロニカが困っているみたいだって言ってたよ」

パトリツィアだ。

「えっと、まあ、そうね」

えっと、いつの間にチャーリーとかパトリツィアと仲良くなっているの？

なんだか取り残されたみたいに感じる私をどう思ったのか、エドゼルは窓を大きく開けてさっきより大きな声で言った。

「このまま結婚でもいいと思ってるってこと？」

「ちょ、ちょ、ちょっと待って」

私は慌てて窓を閉める。

「内緒だから！　それ、一応！」

婚約のことは知れ渡っているけれど、大聖女の能力が開花したら解消できることは秘密なのだ。

エドゼルはにっと笑う。

「三階だから聞こえないよ。両隣はもう誰もいなかったし」

「それでも！」

「わかった。気をつける。で、どうなの？」

ふざけたり、嘘をついたりしたくなかった私は、小さな声で本音を漏らした。

「……まだ諦めてない」

「能力の開花を」

「うん」

「つまり、結婚はしたくない」

「そう。だけどそれだけが理由じゃない」

「……やっぱりヴェロニカはヴェロニカだ」

そう呟いたかと思うと。エドゼルは勢い込んで告げた。

「だったら、仕事は僕に任せて！　ヴェロニカは今からでもすぐにバーシア様のところに行っておいでよ」

確かに、それはとても助かる提案だった。

「でも……」

それでも躊躇う私に、エドゼルは言う。

「バーシア様にもヴェロニカが今日は早く行くって伝えてある」

「用意周到《よういしゅうとう》！」

遠慮する私のためにそこまでしたのはわかっている。

「じゃあ……行こうかな」

私はお言葉に甘えて、新生徒会長に後を頼むことにした。混乱し過ぎたのか、この際、それが一番いいことのように思えてきたのだ。

「こっちは気にしないで。ヴェロニカはヴェロニカのしたいことをして」

なぜかエドゼルはとても嬉しそうにそう言った。

‡

エドゼルの好意をありがたく受け止めた私は、そのままバーシア様の元に向かった。

バーシア様はいつものようにストールを肩に巻いてサロンでお茶を飲んでいて、制服姿の私に首を傾げた。

「どうしたの、ヴェロニカ。そんなに慌てて。授業は？　もう終わったの？」

「終わったから来たんですよ」

「でも生徒会があるでしょう？」

「それも人に任せてきました。久しぶりにあのくるくる踊りしましょうか？　一日も早く能力を開花させたいんです」

バーシア様は、カップを置いて無情にも言った。

「あれだけ踊ってダメだったから無理じゃない？　止めはしないけど、元気ねえ」

容赦ない。

「……じゃあ、他には？　他に何かないですか？」

「ずっとそれを考えているんだけどねえ……まあ、お茶でもどう？」

せっかくエドゼルが時間を作ってくれたのに、お茶なんか飲んでいいんだろうかと思いつつ、ユリアさんが運んできてくれたそれはいい香りで、私は大人しくいただいた。

「ありがとうございます」

一口飲むと、少し気持ちが落ち着いた。

そもそも、久しぶりにエドゼルと会話したのだ。私としては怒濤《どとう》の展開だ。じっとしていられないのも仕方ない。でも、踊りを踊っても、効果はない。それは薄々気付いていた。せっかくエドゼルが時間を作ってくれたのに、何もできない。

「私……大聖女じゃないんですかね……」

勢いが失せると、今度は気分が沈んできた。我ながら面倒臭い。

だけど、これだけいろいろやっても能力が開花しないのは、そもそも大聖女じゃなかったからではないだろうかと思えるのだ。それを認めることは、とても胸が痛むことだった。痛いどころか、苦しい。のたうち回りたいくらいの絶望だ。

だけど、バーシア様は優雅に首を振った。

「ヴェロニカが大聖女じゃない？　それはないわ」

「だって、歯車もあれ以来触っていないし」

何度か歯車に触らせてほしいと頼んだのだが、そのたびにダメだと言われていた。

「当然よ。何が起こるかわからないのよ。あんなのは一度で十分。それくらいすごい出来事なのよ」

「ヴェロニカ様。これもどうぞ」

それでも自信をなくして項垂《うなだ》れる私に、ユリアさんがクッキーを出してくれる。素朴な焼きっぱなしのクッキー。私はこれが大好きだ。

「いただきます……美味しい」

クッキーを食べる私を眺めながら、バーシア様はふっと笑った。

「大丈夫よ」

「だけど……せめてどんな力かわかれば、まだ対策の取りようがあるのに」

「対策ねえ。あ、同じのちょうだい」

バーシア様はお茶のおかわりをユリアさんに頼んでから、付け足す。

「大雑把に言えば、とにかく時間に関係するものだと思うわ」

「えっ？　時間？」

「そうよ」

「そんな話、初めて聞きましたよ？　どうしてわかるんですか？」

「ヴェロニカの、っていうか、大聖女の能力は全部時間に関係したものだと思うのよ。それが昔、私とタマラ様が導いた仮説なの」

私は目を見開く。

――バーシア様とタマラ様の大聖女の能力についての仮説？

「あの、バーシア様。すごく重要な仮説だと思うのですが、今まで聞いたことなかったですよね？」

「ええ。言わなかったもの」

「どうしてですか⁉」

バーシア様にはバーシア様の考えがあるとは思いながら、私はちょっと拗ねたように反論してしまう。我ながらバーシア様の前では、いつまでも子どものようだ。

バーシア様は気にせず答える。

「そんなことわざわざ言わなくても、ヴェロニカの能力が開花すると思っていたからよ?」

「うっ……!」

言い返せない私は胸を押さえて、黙り込む。バーシア様は笑った。

「大袈裟ねえ。聞く? 聞かない?」

「聞き……ます……聞かせてください……」

バーシア様はサロンの天井を見上げ、そこに空があるように目を細める。

「私の天候を読む力も、タマラ様の治癒の能力も、関係ないようでいて時間に関わるものなのよ」

「……その二つ、全然違うものに思えますが」

視線を下ろして、バーシア様は続ける。

「そうよね。でもタマラ様の治癒の力は、なんでも治せる奇跡の力じゃないのよ。そもそもどこで病気が起こるかわかるから治癒できる。いわば予知ね。もうすぐどこどこの村で伝染病《でんせんびょう》が流行るから、水に気をつけるようにとタマラ様は告げる」

——予知!?

「でもそのお告げだけじゃ防げない病気もあるから、タマラ様は実際に現地に行くの。そして、治せる病人だけ治す……治らない人もいたわ」

「手遅れだったんでしょうか……」

「誰もがそう思ったけど、タマラ様はこう結論づけた。自分は病気や怪我を治しているんじゃなく、治療までの時間を早めているんじゃないか」

「治しているんじゃなく、その人が元気になるまでの時間を進めるということですか？」

「そういうこと。だから、治らない人は治せないの」

「……つらいですね」

「でも、タマラ様はくじけなかった。助けられなかったにしても、タマラ様は大勢の人を治療した実績がある。それを基に、病気を防ぐ方法を提案したし、研究するように進言した。我が国の施薬《せやく》院《いん》が大きく進歩したのはタマラ様のおかげよ」

「すごい……」

私は感動した。

「そして私の天候を読む力も一緒よ。風が強くなるとか、大雨が降るとかがわかるとかって、先の天気が浮かぶってことなのよ。だから、大聖女の能力は予知なんだと思うわ」

――大聖女の能力は予知。

「だからこそ大時計台が聖域で、ここで祈るんでしょうね。私たち」

私はラノラトの人たちのことを思い出した。

自分たちが亡くなった後は、時間も空間もない場所で、誰でもない存在になって、また再会できると考えていた彼ら。

時間の流れを感じることは、生きている証だからと、日時計のあったこの場所を大切にしていた。

「タマラ様がいたおかげで、私はただ予知するだけじゃなく、大雨が降るのはどんな雲がどんなふうに出るからか、あらかじめ記録することができた。そして宮廷に知らせた……だから、代替わりしても私たちの知恵は残るでしょう」

自分たちにできることを最大限活かしている。

私は、お二人の大聖女様をさらに尊敬した。

「それ以前の大聖女様たちの知恵は残っていないんですか？」

「そうね。タマラ様の前の大聖女様は無口な方で、あまりこういう話はしなかったみたい。でも、絶対になんらかの形で残っているのだと思うわ。まるで愛情みたいに、ひっそりと日常に溶け込んでいる。それくらいの方がいいかもしれないわね」

「愛情みたいに」

私がその言葉で思い浮かべたのは父や母、それにアマーリエのことだったが、バーシア様は何を勘違いしたのか、

「やだ、ヴェロニカったら！」

思い切り私の肩を叩いた。痛い。

「だから、ヴェロニカの能力も、時間の流れとか予知に関係するものだと思う。私から言ってあげられるのはそれくらいね」

「ありがとうございます」

私はバーシア様に頭を下げる。またがんばろうと力が湧いてくるのを感じた。

だけど、バーシア様は、割と本気に聞こえる声で言う。

「まあ、私はヴェロニカが王妃でもいいと思っているけど」

「それは困ります！」

私は主張する。

「だいたい、私が王妃になったら大聖女はどうなるんですか。ずっとバーシア様がしてくださるんですか？」

バーシア様はちょっと考えてから言った。

「大聖女は時計台の歯車のようなもので、この世に必要な何かなのよ。だから、聖女たちを集めて代替わりの儀式をしたら、見つかるんじゃないかしら」

「そういえば聖女は、今いないんですよね」

「そうね。ヴェロニカが歯車を光らせる前は心がけて集めていたりしたけど、もう解散させたみたい」

「じゃあ、私に能力が発動しなかったら」

「その子たちをまた根気強く探すしかないかしらね。でもそれは神殿の仕事だから気にしないでいいのよ」

重い。責任が。

バーシア様はくすっと笑った。

「責任が重く感じられるのは、自分に自信がないからよ」

「心が読めるんですか⁉」

「長い付き合いだもの。それくらいわかるわよ」

敵わない。

「もう一度、自分自身を振り返るしかないわね。見落としていることがあるんじゃない？」

「もう飽きるほど振り返ったつもりですけど」

「じゃあ、誰か他の人に手伝ってもらって」

「他の人……？　バーシア様だとダメなんですか？」

「ダメじゃないけど、私には内面をさらけ出しやすいでしょう？」

「もちろんです」

「聞きづらい人に聞いた方がいいのよ、こういうのは」

笑顔で却下された。

‡

アマーリエが珍しく私の部屋を訪れたのは、その日の夕食後だった。

「ヴェロニカ、少しいいかしら」

「お義母様、どうしたの？」

弟のチェスラフが生まれて以来、アマーリエが私の部屋に来ることは少なくなっていた。ヴェロニカももうレディなのだから、とアマーリエの方が気を遣っていたのだ。

「ちょっとだけ確認したいことがあって」

侍女のデボラに二人分お茶を運んでもらい、久しぶりにソファに並んで腰かける。

綺麗に編まれた金髪の毛先を揺らしながら、アマーリエは申し訳なさそうに切り出した。

「来月、チェスラフの五歳の誕生パーティがあるじゃない？」

「ええ」

誕生日を毎年家族で祝う我が家だが、五歳と十歳と十五歳のときは、家族以外の人も招待してパーティを開く。そこまで成長できたことを感謝し、お披露目《ひろめ》する意味合いがあるのだが、来月のチェスラフのパーティはそれだった。

公爵家の嫡男として、盛大に祝いたいと父も言っていた。

アマーリエは困ったように眉を下げる。

「チェスラフがヴェロニカお姉様は本当に出席できるか心配だってべそべそ泣くから、予定を聞いておきたくて。出席できそう？」

なんだそんなことかと、私は即答する。

「空けているに決まってるじゃない！　絶対に出るわよ！　チェスラフの誕生日パーティ！」

よかった、と微笑んでから、アマーリエはちょっと声を落として付け加えた。

「旦那様は王太子殿下も招待すべきだっておっしゃるんだけど……」

「ぎゃ！」

その名前だけで思わず叫んでしまった。アマーリエが目を見開く。

「そんなに嫌なの？」

私は正直に言う。

「そういうわけじゃ……ううん、やっぱり嫌かな」

かわいいチェスラフに望んで会わせたい人物ではない。だけど、常識的に考えて私の婚約者なのだから、招待しなければならないだろう。いくらなんでもデレックも、父の前では私に偉そうにしないはずだ。よし。

「いいわ、招待して――」

「ねえ、ヴェロニカ」

私が言うより先に、アマーリエが切り出した。

「婚約のこと、旦那様に言って考え直してもらうのはどうかしら」

予想外の言葉に、私は息を呑む。アマーリエは続けた。

「ヴェロニカが大変そうなのは見ていられないの」

その瞳の輝きの強さから、アマーリエが本心から言ってくれているのが伝わる。

すごくありがたい。

とても優しい。

――私のお義母様。

その気持ちを受け取った私は、微笑んで首を振る。

「私なら、全然大丈夫よ」

「でも」

アマーリエはまだ何か言いたそうだったが、私が笑顔を崩さないのを見て、飲み込んだ。

それでいい、と私は思う。

これだけ表立って婚約が広まって、長年王妃教育も受けてきたのだ。よっぽどの理由がなければ、解消などできない。デレックの素行不良など、まだまだかわいいものなのだ。

今、私が婚約解消を申し出ても、国王陛下をがっかりさせるだけだろう。

私との婚約を嫌がっているデレックは喜ぶかもしれないけれど、それがハーニッシュ家にとっていいこととは思えない。

――チェスラフの代まで家を守るためにも、ここで婚約を解消させるわけにはいかないわ。

「その気持ちだけで充分……ありがとう」

私が念を押すようにそう言うと、アマーリエは戸惑いながらも頷いた。

「いいの？　本当に」

私は安心させるようにアマーリエの手に手を重ねた。

「私、大聖女の能力が見つかるの諦めてないわよ」

自分でも、これだけ長い間能力が開花していないのに大聖女になることを諦められないのは不思議だったが、その情熱だけは胸の内でずっと燃え続けていた。

アマーリエが何か言う前に、私はカップに手を伸ばす。

「お茶、飲みましょうよ。冷めちゃう」

「本当ね」

しばらく黙って、二人でお茶を飲んだ。

「あ、そうだわ」

だけど不意に私は閃いた。バーシア様の言葉を思い出したのだ。

――他の人に手伝ってもらって、自分自身を振り返る。

「どうしたの？」

私は、カップを置いてアマーリエに向き直った。

「唐突だけど、お義母様から見た私ってどんな感じ？」

アマーリエもカップを置き、考え込むように腕を組む。

「本当に唐突だし、継母に聞くには直球の質問じゃないかしら？」

そう言いながらも。アマーリエは一気に答えた。

「まあ、一言でいえば、がんばりやさんで可愛らしくて天使だけど実は大聖女ってところかしら」

「わあ早口」

ふふふ、と笑ってから、懐かしそうに付け足す。

「成績も優秀だし元ガヴァネスとしても誇らしいわね」

「教える人がよかったんじゃない？」

「まあね」

冗談っぽく笑ってから、アマーリエは私を見た。

「だけど、古代語がこんなに得意になるとは思っていなかったわ。私が教えていた頃は、まったく興味を示さなかったもの」

そう言えば、アマーリエがガヴァネスだった頃、まだ母は生きていた。私は、思い切って聞いてみる。

「お義母様は、亡くなったお母様の遠縁なのよね」

「ええ。ベアトリクス様とフレーミヒ家の皆様には本当にお世話になったわ」

フレーミヒ家とは母の実家の伯爵家だ。

「聞いてもいい？　ベアトリクスお母様のこと」

母が亡くなった前後のことは、不明瞭な記憶しかない。子どもだったからだろうか。周りも私に気を遣ってあまり母の話題をださなかった。

本当なら後妻のアマーリエに聞くべきことではないかもしれない。だけど、アマーリエは力強く言ってくれた。

「もちろんよ。あなたのお母様なんだから、知りたいことはなんでも聞いてちょうだい」

その言葉に背中を押され、私は一番知りたいことを聞いた。

「お母様も古代語が好きだったのよね？」

私が古代語を好きなのは、母の影響だ。だけど母自身がどうして古代語に興味を持ったのかは知らなかった。アマーリエならその理由も知っているだろうと思ったのだが。

「そうなの？」

アマーリエは、きょとんとした顔を見せた。

「え？　違うの？」

「あんまりそういう印象はないわ」

「あれ？」

「はっきり言っておくけど、私の周りで古代語が好きな人なんて、あなたくらいしか知らないわよ？」

なんだか変わり者のように言われたが、それよりも衝撃《しょうげき》を受けていた。

——お母様は古代語を好きじゃなかったの？

「どちらかといえば、ピアノとか音楽を好んでいたわ。とても上手だった」

元気だった頃の母が、ピアノに向かうシルエットがおぼろげに浮かんだ。そのことすら忘れていたことに、また落ち込む。

「……お母様がピアノを弾くこと、忘れていたわ。私ってどうしてこうぼんやりしているのかしら」

無理もないわ、とアマーリエは呟いた。

「ベアトリクス様が亡くなってからのあなたは、黙ってじっとしていることが多かったの。それくらいショックだったのよ。当たり前だけど」

言われてみれば、あの頃の記憶はすべて曖昧《あいまい》だ。

「小さい頃の私について、なんでもいいから教えてくれない？」

「かわいくて天使みたいだったってこと？」

私は苦笑する。

「他に何か、印象的だったこととかないかしら」

アマーリエは腕を組んでしばらく考え込んでいた。そして。

「手のひらから光が見えるって言ってたことがあったわ」

「……手のひら？」

まったく覚えていなかった。

「あなたはそれに名前をつけていてね、スールって呼んでいたの。とってもかわいかった。でも、自分以外にどうしてスールが見えないのか不思議がっていたわ……それからベアトリクス様が亡くなって、あなたはスールのことを言わなくなった」

スール？

なんのことかまったく思い出せない。

アマーリエは慰めるように、私の手をぎゅっと握った。

「子どもの頃のことなんて忘れるものよ……悲しい記憶とくっついていたら、特にそう。あんまりにもつらいなら、思い出さなくていいこともある。どんなに後から幸せになっても、悲しみは悲しみで混ざらないの」

説得力があった。

アマーリエがガヴァネスになったのは、生家の伯爵家が領地経営に失敗したからだった。きっといろんな苦労があったのだ。

片鱗すら、見せないけれど。

そう考えた私は、ふと、記憶に何かがひっかかるのを感じた。

――見せない……見えない……なんだろう、何かを思い出しそう。

ずっと昔、バーシア様に聞いた言葉がよみがえる。

『違うのよ。考え足りないから消えないの。ないことにするからあるのよ』

ないことにするから、ある。

――ということは、本当は何かある……？　私の中に。消えた記憶が。

アマーリエは続ける。

「スールのことだけど、私はそれを聞いて、想像上のお友だちと遊んでいるのかなって思っていた。ほら、チェスラフもタオルを離さないじゃない。あんなふうにお気に入りの絵本やぬいぐるみみたいに、あなたには手のひらの光が必要だったんじゃない」

手のひらの光。

お母様が亡くなった頃。

スール。

……ダメだ、思い出せそうで思い出せない。気になる。

私はすっくと立ち上がった。

「ありがとう。アマーリエ！　私、ちょっと踊ってくる！」

「え？　踊る!?　いきなりどういうこと？　どこで？　どうして？」

「大広間で！　誰も入っちゃダメよ！」

「ヴェロニカ⁉」

頭ばっかり動かしていたら、余計に疲れてきた。バーシア様の言っていた雑念が多いって多分こういうこと。

「踊る！　踊るわ！」

後から聞くと、アマーリエは、突然、屋敷の大広間でひとりで踊ると言い出した私をどうやって止めようか悩んだらしい。だけど、ちらっと覗いたら、とても真剣な顔だったので見守ることにしたと。

そんなことも知らず、私は無伴奏でずっと踊り続けていた。ついに汗で足をすべらしてよろけるまで。

「ダメ……」

大広間で大の字で横になりながら、私は自分の手のひらを天井に向けて、眺めた。

結果としては、疲れただけ。

「スール……スール……」

何か思い出せそうなのに、出てこない。もどかしい。

‡

「いたたた……」

翌日、放課後生徒会室に向かった私だったが、足の筋肉痛がひどくて、扉を開けながら思わず声を出した。

「何が痛いの？」

「エ、エドゼル！」

鍵が開いているからてっきりチャーリーだと思っていたら、エドゼルだった。

「チャーリーは？　鍵は？」

一気に聞くと、エドゼルはにっこりと笑った。

「ああ、デッドマー先生が鍵を預けてくれたよ。マンネル先輩は、さっき一瞬来たけど、僕がいるのがわかると後は任せたって出て行った」

――チャーリーったら。

エドゼルは私の考えを読んだように、言う。

「僕がお任せくださいって言ったんだよ。いいでしょ？」

「それはありがたいけど、デッドマー先生まで？」

「うん」

デッドマー先生は学年主任の先生だ。まだ若いけれどとても厳しい男の先生で、普段は簡単に生徒会室の鍵など渡さない。

「……さすが次期生徒会長」

あるいはエドゼルの頼み方が巧妙《こうみょう》なのかもしれない。私は痛む足を押えながら、なんとか自分の席に着いた。

「それよりどうしたの？　体調悪いの？」

心配するエドゼルに、私は恥ずかしさを隠しながら説明した。

「踊り過ぎたの」

「おどり」

「思うところあって、昨日、屋敷でひとり、能力が開花する踊りをこう、かなり、一生懸命踊ったんだけどダメだったわ」

言えば言うほどわけがわからない状況だ。私は強引に話をまとめた。

「少し休んだら平気よ」

ところが。

「どんな踊り？　見せてよ」

まさかエドゼルがそこを掘り下げてきた。

「いやよ、恥ずかしい！」

「恥ずかしい踊りなの？」

「違うわよ！」

くるくるくる回らなくてはいけない踊りを生徒会室で披露する勇気はない。

「誰が来るかわからないじゃない」

「じゃあ、違う場所ならいい？」

「違う場所？」

「案内したいところがあるんだ。これから一緒にどう？」

違う場所でも踊りをみせるわけはないし、そもそも筋肉痛なんだから無理だって言いたいのに、なんとなく、この笑顔にデッドマー先生も鍵を渡したのかな、と思える顔でエドゼルが誘うものだから、流されるまま、わかった、と頷いた。

再会してからのエドゼルは、穏やかなのに、結構強引なのだ。

嫌な感じはしないけれど、成長を感じる。

‡

そして、移動すること少々。

学園の外れの雑木林《ぞうきばやし》の影に隠れるように、それはあった。

「え、まさか。こんなところに時計台!?」

「僕も見つけたとき驚いた」

リングラス王立学園の敷地が広いことは知っていたけれど、時計台まであるなんて驚きだ。

まるで古い童話のお姫様が閉じ込められている塔みたいに、ひっそりと建っていた。

何かを守っているみたいに大きいドアは、随分と老朽化《ろうきゅうか》していた。

尖塔を見上げると、文字盤は止まっていて、鐘は外されているようだ。はっきりとはわからないが、ここの文字盤も古代語が使われているようだった。

ほう、とため息をつくと、エドゼルが自慢げに言った。

「びっくりしたでしょ？　ヴェロニカに見せたいなって思ったのわかってくれる？」

「うん！　わかる！　私もこれを見つけたら、エドゼルに言いたくなる！」

「だよね」

エドゼルは嬉しそうに笑った。そして、足元に目を向ける。細い葉っぱの草がたくさん生えていた。

「ここね、シュトが群生《ぐんせい》しているんだ。もう少しすると花の季節だ」

「すごい！　シュトがこんなに？」

背の低い多年草のシュトは、野生ではなかなか見かけない。宮殿の庭園や個人の温室にあるくらいだ。

「まだつぼみにもなっていないのね。楽しみ」

エドゼルは、なぜか懐かしそうに言った。

「シュトの群生の花を見つけて、ここまで来たんだ。そうしたらこれがあった」

「そうなのね」

私が頷くと、エドゼルはちょっと寂しそうな顔をした。どうしたんだろう？

「中に入ろうか」

でもすぐにそう言って、扉を押した。ぎい、と軋んだ音がする。

「建て付けが悪いんだ。閉めていても隙間があるし、開けるときはうるさいし」

その口ぶりから、エドゼルがすでに何回もここに来ていることがわかった。

扉に鍵はかかっておらず、すぐに開いた。エドゼルの話によると、元々壊れていたらしい。

「狭い」

一歩足を踏み入れて、思わずそう言った。

「大時計台と比べないで」

すかさず指摘される。

「失礼しました」

どうしてもいつもいる大時計台を基準にしてしまうが、あれは規格外だろう。私は、この時計台の中を見回した。

教室の半分ほどの広さの空間の真ん中に、螺旋階段《らせんかいだん》がある。

あとは、明かり取りの窓がいくつか。

螺旋階段の脇に、学園のものと同じ机と椅子が二組あったので、

「これは？」

と尋ねると、エドゼルが誤魔化すように笑った。

「持ってきた」

「どこから？」

「余っているところ。大丈夫だよ。机と椅子があれば休憩できるなって思って」

大丈夫かどうかわからない気がするけれど、それ以上は聞かない。

「この階段、どうなっているのかしら」

私は螺旋階段に興味津々だ。エドゼルが人差し指を上に向ける。

「行ってみる？　僕は一回登ったんだけど」

「行く！」

わくわくした気持ちを抑えられなくて、すぐに登った。

だけどすぐに行き止まりになった。

階段の途中で頑丈な扉が現れ、その先には行けなくなっているのだ。エドゼルが扉をコンコンと叩きながら言った。

「多分、この扉の向こうに、時計台の文字盤の裏や鐘があるんだろう」

残念。見たかった。諦めて螺旋階段を下りながら私は言う。

「どうして使われなくなったのかしら」

エドゼルも首を傾げた。

「外から見る分には、今は長針も短針も今は動いていないみたいだから、時計部分が壊れたのかもしれないね」

「修理できなかったのかな」

「何か事情があったのかもしれない」

気になりながらも、それ以上はわかりようがない。

一階にたどり着き、さっきの机と椅子に座っていると明かり取りの窓からの光で、埃がキラキラと舞っているのが見えた。エドゼルが眉を寄せる。

「埃がひどいな。掃除しても追いつかない」

私は驚く。

「掃除もしたの？」

「騎士団の雑用係なんだ。一通りのことはできる」

質問と答えが噛み合っていない気もしたが、ちょっと驚いた。第二王子が雑用係？

だけどエドゼルは生き生きした表情で続けた。

「最初はなんにもできなくてね、随分馬鹿にされた」

「できなくて当然よ」

それで言えば私もできないことだらけだ。

「でも、ヴェロニカも掃除してただろ？」

「え？　私が掃除を？」

なんのことかわからなくて問い返したら、エドゼルが、あっというように焦った顔をした。

「何よ？　いいなさいよ」

詰め寄ると、諦めたように肩をすくめた。

「見たんだ。昔。ヴェロニカが大時計台の外壁を掃除していたところ。モップで磨いていた」

「ああ！　そういえばそんなこともあったわ！」

懐かしい。大聖女の能力を開花するために掃除ばかりしていた時期だ。

「そう言えば最近はしていないわね……やってみようかしら」

能力が開花しなかったのもあるが、私が手を出すと、掃除の係の人の仕事を奪うことになるので遠慮していたのだ。

「あれ？」

そこまで話して、やっと気付く。

「見てたの？　いつ？」

エドゼルは笑って答えない。

「もう！　恥ずかしいじゃない！」

今さら恥ずかしがっても仕方ないが、私は頬が熱くなるのを感じた。

「たまたま通りがかったんだよ。一生懸命なヴェロニカを見て、僕もがんばろうって思った」

「エドゼルはいつもがんばっているわ」

「全然そんなことない」

謙虚《けんきょ》すぎる。同じ兄弟なのにどうしてこんなに違うんだろう、と考えてしまったのが顔に出たのか、エドゼルは苦笑した。

「あいつはあいつである意味、大変なんだと思うよ。同情はしないけど、与えられ過ぎて価値がわからないんだろうね」

「……そうかもしれないわね」

一理あるので頷いた。

「僕はちょっと、自分に厳しくしたい時期があってさ。何があっても大丈夫なように。それはそれでやっぱりカッコつけてたな」

さらっと言えるエドゼルがすごいな、と思った。あと、何があっても、の部分に苦労も感じる。でも、そんな私の浅い同情なんてエドゼルはいらないだろう。私が言葉を選んでいると、

「そんなことより、踊りを見せて」

エドゼルがにっこりと笑った。

「忘れてた」

「僕は覚えていたよ」

私は諦めて立ち上がった。エドゼルが、机と椅子を隅に寄せた。

「笑わないでね？」

「絶対に笑わない」


三十分後。

笑いを噛み殺すエドゼルと、筋肉痛でさらにひどい踊りしか見せられなかった私がそこにいた。

「もう！　だから、これじゃ無理だったんだって！」

「うん、わかった」

エドゼルが納得したように頷くのが余計腹が立つ。それから真剣な顔で、私の振り付けを真似した。

「えっ！　なにやめてよ！」

目の前で繰り返されると、余計に恥ずかしさが増す。だけど、エドゼルは私の言葉など耳に入っていないように呟いた。

「踊りという考えは悪くないと思うんだ……ラノラトの民も何かあるたび踊っていたらしいんだ。最近の論文に書いていた」

「最近の論文を調べたの？　どうして？」

真正面から聞くと、エドゼルははっとしたような顔をした。

「古代語……が好きで」

――いたじゃない！　こんなところに古代語に興味のある人！

私は心の中でアマーリエに叫んだ。嬉しくなる。

「ラノラトまで調べるなんて、すごいわね」

心なしかエドゼルも嬉しそうに答えた。

「がんばったよ……だから、そう、踊りは悪くない。でも別の要素がいると思うんだ」

私は慌てて止める。

「いいのよ、エドゼルがそこまで考えなくても。これは私の問題なんだから」

「違う！」

エドゼルが鋭い声を出した。そんなことは初めてだったので、私はびっくりした。

「エドゼル？」

エドゼルはすぐ冷静になって、ごめん、と椅子に座った。そして、俯《うつむ》いてから、思い切ったように顔を上げる。

「ヴェロニカ、僕も協力していい？　いや、したいんだ。お願い。手伝わせて」

何を、と聞こうとしたけれど、その黒曜石の瞳に私は吸い込まれそうになっていた。エドゼルは真剣な表情で付け足す。

「大聖女様の能力が発動する手伝いを、僕もしたいんだ。もちろん秘密は守るから」

「……でも」

古代語やラノラトの話が通じるエドゼルに協力してもらえると、すごく嬉しい。だけど、私の事情にエドゼルを巻き込むことになってしまう。

「だって、もう時間がないでしょう?」

エドゼルは有無を言わさない口調で言う。その通りだが、それでも私は躊躇う。

「でも、エドゼルは忙しいじゃない。生徒会長にもなったし」

「何言ってるんだ」

エドゼルは首を振った。

「ヴェロニカと過ごせる時間を作るために生徒会長になったようなものだよ」

それ、どういう意味、と聞く前に先に言われた。

「生徒会っていう口実があると近付きやすいだろ? あやしまれない」

あやしまれない? それってどういうことだろう。しばらく考えた私だったがすぐに、そうか、と思い当たる。

「大聖女のことは秘密にしなくちゃいけないものね……そこまでさせてしまって、どうお礼を言ったらいいか。エドゼルを巻き込んでばかりね」

「えっと、そういうことでもないんだけど」

エドゼルは、何か小声で呟いてから言い切った。

「僕がやりたいからやっているんだ。生徒会長だって絶対なろうって決めていた。それにこの時計台は秘密を守るのに絶好の場所じゃないか？　ここを見つけたとき、真っ先にヴェロニカを思い出したのはそういうことだよ」

「そんな前から私のことを考えていてくれたんだ」

「いや、正確にはもっと前なんだけどなんでもない」

モゴモゴ言っているエドゼルを見ていると、私はじんわりと胸の奥が温かくなるのを感じた。昔からエドゼルはこうだった。本当に優しい。

「わかった。お願いする。ありがとう」

その優しさに今は甘えることにする。実際、とても焦っていたのだ。

エドゼルはほっとしたように頷いた。

「じゃあ、今度は筋肉痛のヴェロニカでも踊れそうな踊りを試そう」

「まだ踊るの？」

エドゼルは意外にも真剣な目で言った。

「もちろんだよ！　ラノラトの民がやっぱり関わると思うんだ……こうしちゃいられない。また宮殿の図書館で調べなきゃ」

「じゃあ、そろそろ帰りましょう」

「そうだね。馬車まで送るよ。荷物貸して」

「え？」

ごく自然に手を出されて、動揺した。驚く私にエドゼルが目を丸くする。

「まさか、兄上は荷物を持ってあげたりしないの？」

荷物を持たされそうになったことしかない、とは言えず、私は誤魔化した。

「自分の分は自分でも持てるわ」

冷たい言い方になった気がして、ちょっと反省した。でもエドゼルは気にした様子もなく、辞書の入ったカバンだけ手に取る。

「じゃあ、これだけ。筋肉痛をひどくさせたのは僕だからね」

それが一番重いってどうしてわかったのだろう。

「そういうことなら、お言葉に甘えるわ」

私はなぜか照れて、そういうふうにしか言えなかった。

「ゆっくりでいいよ」

「筋肉痛を大袈裟に考えすぎよ……いたたた」

そろそろと体を動かしながらゆっくりとそこを出た。

ぎい、と背後で閉まる扉の音を聞きながら、あらためてほっとする。

——エドゼルが手伝ってくれる。またここで。

嵐のような展開だったが、思った以上に私は自分の心がほぐれているのを感じた。今までもバーシア様に手伝ってもらっていたが、能力が開花しなければ王妃になればいいというバーシア様はやはりどこか楽しんでいる節があった。

――エドゼルだけに頼っちゃダメだけど、やっぱり気持ちが軽くなる。

「じゃあ、帰ろうか」

「ええ」

筋肉痛のせいでゆっくりだけど、私の足取りは心なしか弾んでいた。

「人目を偲んで何をしているのかと思えば……こんなところで密会かしら？」

そんなヴェロニカとエドゼルの様子を、フローラが木陰からじっと見つめていた。ヴェロニカがエドゼルとこっそり移動しているのを見かけて、後をつけてきたのだ。

フローラはにんまりと微笑みながら、満足そうに呟く。

「いい切り札が手に入ったわ」

四章　そうやって怒っている方があなたらしい

大神官ジガは、このところ副神官ツェザリの様子がおかしいことが気になっていた。

見た目には、わずかな変化だ。顔色がやや悪く、目に光がない。それもほんの少しだけ。

体調でも悪いのかと思ったが、本人に聞けば変わりはないとのこと。

だから様子を見ようとしばらく放置していたのだが、よくなる兆しがない。

思い切って少し前に、ツェザリの同室で、同じ副神官であるイザークに、ツェザリに変化があったら教えるように言いつけた。

副神官は五人いるが、二十代初めのツェザリが一番若く、次がイザークだった。行動をともにすることも多い。くれぐれもツェザリには悟られないように、と頼むとしっかりと頷いてくれた。

そのイザークからジガに、内密にお話したいことがあるのですが、と面談の申し入れがあったのが今朝のことだ。

ツェザリのことだとピンときたジガは、ツェザリが奉仕活動で外に出ている時間を見計らってイザークを呼んだ。

けれど。

「神殿の書物を勝手に売っている？　ツェザリがか？」

聞かされた内容に、ジガは驚きの声を上げた。他でもないツェザリがそんなことをするとは思えなかったのだ。

「私も信じられませんでしたが、どうやら本当のようです」

だが、つらそうな顔をして話すイザークが、嘘をついているようにも見えない。

おおらかなイザークは、ツェザリの頑固なところを理解して受け入れており、ツェザリも、イザークには心を開いているのが見て取れた。だからこそ、ジガはイザークにツェザリのことを頼んだのだ。

「説明してくれ。お前の知っていることを、隠さず」

促すと、イザークは覚悟を決めたように口を開く。

「ご存知のように、ツェザリと言えば、真面目すぎるくらい真面目な男です」

「ああ」

融通《ゆうづう》が利かず、口うるさく、だけど誰よりも信仰に厚いツェザリは、それゆえ煙《けむ》たがられることも多かったが、一目置かれていた。

「なのに、最近はそうではないのです」

ジガは目つきを険しくする。イザークはそれに頷きを返した。

「ジガ様におっしゃられてあらためて観察すると、確かに最近、ツェザリの顔色が悪い気がしました。同室なのに気付かなかったと私は反省し、ツェザリの動向を細かく見るようにしました。そうしたら……」

イザークはそこで一呼吸置いた。

「何かあったのか」

「はい。驚くことに、ツェザリは神殿で祈りを捧げるふりをしながら、どこかに出かけていたのです」

「祈りの時間に外出していたというのか？」

ツェザリらしくないと誰もが思う行動だった。イザークは続ける。

「最初は、気晴らしにでも出ているのだろうと気にしなかったのです。真面目な男だけど、そういうこともあるだろう、と。自分の仕事さえきちんとしていたら、周りもうるさく言いません」

神官の仕事は、交代制だ。

皆で分担せねばならないことは、平等に割り振り、残った時間で自分だけの仕事や研究をする。

もちろん、祈りを捧げるのは最優先事項だ。今までのツェザリなら、仕事もきちんとこなし、研究もしながら神殿で誰よりも長く祈りを捧げていた。

だけど、いつの間にか仕事をサボることが多くなった。

気付いたイザークが、疲れているのかと聞いたら、そんなこともない、と答えた。ジガから言われたこともあり黙って様子を見ていたのだが、そのうちにやけに頻繁《ひんぱん》になり、さらに顔色も悪くなってきた。

——どこに行っているのか。人と会っているのなら、それは誰なのか。

もう放っておけない、とイザークは後をつけることにした。

「それで、どうだったのだ」

「人目を避けるように神殿を抜け、王都の賑《にぎ》やかな通りに向かったツェザリは、そこの路地裏で一人の男と会っていました」

「どんな男だ？」

「体のガッチリした男でした。ただ、身分はそれほど高くなさそうです」

ジガに心当たりはなかった。イザークは沈んだ声を出す。

「驚くことに、ツェザリは男に金を渡し、何かを頼んでいたようです」

「金を？　どこからそんな……まさか！」

「私もそれが不思議でした。だから調べてみたのです。すると、ツェザリが管理している神殿の蔵書がいくつも無くなっていたのです。慌てて王都の本屋を調べると、ツェザリらしき若い男が売ったとの証言を得られました」

家の跡を継げなかった貴族の次男や三男が多い中、ツェザリは孤児でありながら神官になった稀《け》有《う》な例だった。

神殿に設立された孤児院で頭角を表したのがツェザリだ。

他の世界をしらない危うさがここに来て発露《はつろ》したのかと、ジガは内心頭を抱えた。

「……私がもっとよく見てやれば」

「ジガ様のせいではありません……実際、ジガ様に言われなければ私など、今も気付かなかったはずです」

そうだ、まだ落ち込むには早い。

ジガはすぐに背筋を伸ばした。

「イザーク、もう少しだけ頼まれてくれるか」

「もちろんです」

「蔵書を売って金を渡しているということは、ツェザリはその男に脅されている可能性が高い。私たちに相談できない弱みを握られているのだろう。それを、人知れず探ってくれ……できるなら、解決する方法がないか……ツェザリにも力になれることがないか聞いてみてほしい。私が聞くより心を開くだろう」

「お任せください。できる限りのことをすると約束します」

「頼んだ」

自分とイザークを励ますように、力強くそう言ったジガだが、すでに手遅れではないかという予感がしていた。

真面目な男ほど、身を持ち崩したら早いことは知っている。

ツェザリをなんとか引き止めたいと思っているが、どうなることか。

ジガは応接室の窓を見た。どんよりとした曇り空がどこまでも続いていた。

‡

このままではいけないとツェザリもわかっていた。

今までのような正しい生活に戻るべきだと。

だけど、抗えない。

会いたいと言われたら、ふらふらと言うことを聞いてしまう。

「ウツィア様……」

「来てくれたのね、かわいいツェザリ」

あの日。

リネスに言われて手紙で面会を申し込むと、意外なほどあっさりウツィアはそれを承諾した。

呼び出されたのは、王妃のサロンルームとやらで、その明るさに目がつぶれそうだった。

『お待たせ』

だけど、現れたウツィアが一番輝いていた。見惚れている場合ではない、とツェザリは必死で言い募った。大聖女の修行の大事さを。

ウツィアは優しく相槌《あいづち》をうち、あっさり頷いた。

『わかったわ。王妃教育を削って、大聖女の修行の時間にしたらいいのね』

驚くほど簡単に了承したと思ったら、ウツィアの話には続きがあった。

『でも、ヴェロニカちゃんは大聖女の修行をするからいいとして、私の余った時間はどうしたらいいの？　退屈だわ』

上目遣いにそう尋ねられ、正義感に溢れてツェザリは答えた。

『私でよければ、信仰についてのお話をさせていただきますが！』

いい考えだと思った。

ヴェロニカは大聖女の修行ができて、ウツィアも信仰を深められる。

『素敵！　じゃあ、それでお願いね。でも、あなたが来てくれなきゃダメよ』

ウツィアも嬉しそうだった。

『わかりました。私がお話いたします。神殿に来てくださったらいつでも』

『いやよ』

『え？』

『神殿は嫌なの。暗いもの』

ウツィアは恥ずかしそうに付け加えた。

『それに人に知られたくないわ。いまだにこの国に慣れていないのかと思われる』

そういえば、他国出身の王妃だった。ツェザリは納得して、尋ねた。

『だったらどこでお話しましょうか？』

ウツィアは妖艶《ようえん》に微笑んで、温室で、と答えた。

ツェザリは了承した。ずいぶんおかしなところだと思ったが、場所など構わない。

だが、それがウツィアの手だった。

ツェザリの美しさを気に入ったウツィアが、ツェザリそのものを手に入れようとするのは当然の流れだった。

ルウの花の前で、二人は初めて接吻《せっぷん》した。

ツェザリは、生まれて初めての恋にあっという間にのめり込んだ。

抗えない。

これほど、生きている実感を抱いたことはなかったから。

そこからツェザリは変わった。ウツィアに呼び出されたらすぐに会いに行った。その肌をその髪を、すべて自分のものにしたいと思った。

だけど、お互い立場があるから我慢しましょうと言われたら、大人しく待つしかない。

そんなことを繰り返すうちに、二人の関係に勘付いた温室番に金を強請《ゆす》られるようになった。財産など何もないツェザリは、蔵書を売るしかなかった。

破滅が近付いているのは自分でもわかっていた。

――あの人と一緒なら滅んでも構わない。

そう思っていたが、もちろんウツィアはツェザリとともに滅ぶつもりなどなかった。

度重なる無心にツェザリはとうとう、ウツィアに脅されていることを打ち明けた。一緒に逃げようというつもりだった。だけど、ウツィアの答えは違った。

『あらあ、じゃあ、ここまでね。温室番は首にしておくから安心して』

『ここまでとは？』

背筋に氷水をかけられたかのような気持ちで、ツェザリは尋ねた。ウツィアはあっさり言ってのけた。

『こういうのは区切りが大事よ。楽しかったわ』

『遊びだったのか？』

ウツィアは声を上げて笑った。

『本気だったの？』


その夜、イザークから蔵書のことを聞かれたツェザリは、明日、すべてを説明するから待ってくれと言い残し、神殿を出て行った。

そして二度と、帰ってこなかった。

‡

フローラが、父親であるドモンコス・ハス男爵に引き取られたのは、一年前の冬だった。それまでは母親と二人、王都の近くのスネトの村で施薬院の手伝いをして暮らしていた。病に倒れ、自分がもう長くないことを悟った母親が、自分の亡き後はフローラを頼む、とドモンコスに手紙を出したのが、フローラがハス家に引き取られるきっかけとなった。

ドモンコスも元は平民だった。

鉱山事業で財を成し、没落しかけた男爵家に婿入りすることによって、今の地位を手に入れたのだ。爵位を金で買ったようなものだ。

庶子はたくさんいたが、引き取ってリングラス王立学園まで入れようと思ったのはフローラだけだった。

なぜなら、フローラはドモンコスにとって利用できる外見だったから。

母親に似て美しいピンクブロンドの髪と、優しく包み込むような微笑み。

母親の葬儀のとき。自分に全く似ていないフローラを見て、ドモンコスは感心した。この娘なら、もしかすると玉の輿《こし》に乗れるかもしれない。

そう思ってドモンコスは、母親の墓の前で呆然としているフローラに声をかけた。

父親だと名乗るとさすがに驚いていたが、結婚相手を探しにリングラス王立学園に通うか、と聞くと、二つ返事で承諾した。野心が強いところは自分に似ている。ドモンコスは悪い気分ではなかった。

成り上がりだからこそ、伝統や家柄に強い憧れを持っていたドモンコスは、フローラならそれを叶えてくれるかもしれないと期待した。フローラの結婚は、今後の自分に権威を与えるはずだ。

季節外れの転校を認めてもらうには、少々骨が折れたが将来の投資だと考えたドモンコスは、人脈と資金を注ぎ込んでなんとかねじ込んだ。

リングラス王立学園の制服を着たフローラを、ドモンコスは金の卵を産むガチョウを見る目で眺め、満足そうに問いかける。

「どうだ？　学園の方は」

フローラは、微笑んで返事をした。

「順調ですわ、お父様」

どこから見ても、上品な貴族令嬢だ。

ドモンコスは目を細める。

「期待しているぞ。お前が王太子妃にでもなれば、我が家は安泰だ」

「心得てますわ」

父親に言われるまでもなく、フローラは、なんとしてでもデレックを手に入れようと考えていた。

フローラはデレックの「いい思い出」になるつもりはなかったからだ。

ヴェロニカを引きずり下ろすためにも。

‡

フローラが策略を練っていることなど考えもしていないデレックは、宮殿の王太子用の執務室で形ばかりの執務をこなしていた。

そこに、若い文官が訪れる。

「王太子殿下、時間です」

「入れ」

デレックはわざとらしくため息をついて、文官を招き入れた。

ヴェロニカが王妃教育を受けるように、デレックも一応、次期国王として帝王教育を受けなければならない。座学だけではなく、剣術や政策の視察、公共工事の計画から実現までの流れなど、実際に動いて、見て、覚えることはたくさんあった。

文官はデレックに資料を出して、説明する。

「本日は、施薬院を視察することになっています」

デレックにとっては、どれも退屈な時間だ。だからよくサボった。どうしても行かなければならないものはヴェロニカに押し付ければいいと思っている。こういうふうに。

「それ、ヴェロニカでもいいんじゃないか？」

文官は戸惑った声を出した。

「しかし、殿下。ヴェロニカ様はまだ婚約者で、王妃ではありません。代わりを務めるのは難しいかと」

王妃であったとしても、ヴェロニカだけが担うものではない。だけど、デレックは気にしなかった。

「だけどいずれ王妃になるんだから、俺の部下だ。部下に回せる仕事は部下に回せ」

王妃は部下ではないと、わかっていながらデレックはそう言う。ヴェロニカのことを考えるだけで腹が立つからだ。多少の無茶をさせてでも、困らせたい。そう思っていた。

デレックは、婚約して最初のお茶会以来、ヴェロニカのことを考えるとイライラする自分に気付いていた。

高等部に進学しようが、生徒会長になろうが、馬車でひとりのときだろうが、いつでもどこでも、ヴェロニカのことを思うとムカつく気持ちが収まらない。

理由はわかっている。

婚約して五年も経つのに、ヴェロニカが出会った頃と変わらず、まったく自分に興味を示さないからだ。もっといえば、王太子である自分のことを偉いと思っていない。

——おかしい。あいつバカじゃないのか。いや、きっとバカだ。

そう思っていた。

婚約者としてのお茶会のことだってそうだ。王妃教育のために宮殿に来るヴェロニカと婚約者としてお茶を飲まなければいけなかったのだが、いつのまにかその習慣はなくなっていた。

むりやり引き合わされた初回はともかく、それ以降はデレックがすっぽかしたのだ。デレックが来ないので、いつのまにかヴェロニカも来なくなった。

デレックはそれも気に入らない。

——そこはずっと待ってろよ？

何回もすっぽかし、手紙で催促されても無視し続けていたデレックだが、ヴェロニカがお茶会自体を早々に諦めたと聞いて、イライラが爆発しそうになった。周りの奴らもヴェロニカの味方で、今からでも遅くないから、デレックの方からヴェロニカに謝りの手紙を書けなどと言う。

——そうじゃない！　そうじゃないんだ！　こっちから謝ったら、せっかくすっぽかしたのが台無しじゃないか！　なんで誰もわからないんだ。

デレックは周りの無理解に叫びたくなった。

——俺はいい。でも、向こうがこちらに興味を失うのは腹立たしい。

やがて公爵家から正式に、『王太子殿下のお忙しい時間を奪うのは心苦しく』などという手紙がきて、お茶会自体なくなった。おかげでその時間を勉強に割かなくてはいけなくなった。ヴェロニカのせいだ。

その後もずっとデレックは、ヴェロニカのことを考えると、イライラする。今みたいに。

「しかし……あの……殿下」

目の前の文官は言葉を詰まらせながら、なんとかデレックを説得しようとしていたが、デレックは聞く耳を持たなかった。　やる気なさそうに呟く。

「あとでヴェロニカから報告を聞けば同じことだろ」

ヴェロニカはヴェロニカで多忙であり、そのヴェロニカが時間を割いて視察をしても、その報告書をデレックが目を通さないことはすでに知られていた。

「殿下、お言葉ですが」

「しつこいぞ。俺を誰だと思っている？　お前たちの職くらい簡単に解けるぞ？」

「……かしこまりました」

文官は諦めた。今までの者たちように。

あまりにもデレックに逆らうと、意見した者が罰せられるので、だんだん誰もデレックに何も言わなくなった。

――表向きは。

デレックはわかっていなかった。

人の上に立つということを。

「じゃあ、俺は戻る」

「はい」

一度離れた人の心を取り戻す難しさも知らなかった。

‡

「なるほど。状況はわかった」

国王であるラウレントにデレックの様子は報告されていたが、デレックに直接ラウレントから苦言が呈《てい》されることはなかった。

それがデレックの好き勝手を助長する一因だった。

「さて、どうなるかな……」

呑気なラウレントに、ゲッフェルトが思わず口を挟む。

「陛下、一度、ご本人を諫《いさ》めてはいかがでしょうか」

「バカだな、ゲッフェルト」

ラウレントは意外そうに笑う。

「それだと資質を確かめられないだろう？」

「それはヴェロニカ様がいけませんわ」

そんなデレックの最近の息抜きは、フローラに話を聞いてもらうことだった。

「そうだろ？」

学園を案内して以来、フローラは何かあるたびにデレックを頼りにするようになった。フローラのような儚げな雰囲気の女の子に頼られて悪い気はしない。他の女子生徒は、やはり最後の最後で、王太子であるデレックに気を使い、遠慮するのだ。つい最近まで平民として暮らしていたフローラにはそれがない。普通なら眉をひそめるようなことなのだろうけど、デレックには心地よかった。

今も、本当なら授業中なのだけど、デレックが裏庭で昼寝をしたいと言ったら、フローラがじゃあ私も、と付き添いを申し出た。

結果、デレックは眠らず、ヴェロニカの不満をフローラに聞かせることになっている。

何から何まで話すので、ついに幼い頃、デレックがヴェロニカとのお茶会をすっぽかした話までした。すると、フローラはやんわりであるがヴェロニカを非難した。

「いくら公爵家のご令嬢でも、王太子殿下の婚約者になれたんですもの。私なら、デレック様が来なくてもその時間を噛み締めて、ずっとわくわくして待っています」

フローラの言葉に、デレックは気持ちがふわふわと浮き立つのを感じた。

ずっと自分を待っているフローラが想像できたのだ。思わず口にする。

「フローラみたいな可愛い子が待っているなら、お茶会もサボったりしなかっただろうな」

「デレック様は私を喜ばせるのが本当に上手ですね」

「本気だよ」

言いながら、どんどんそんな気になる。

ヴェロニカじゃなく、フローラだったら、文句ひとつ言わず自分が来るまで待っているだろう。

どんなに待たされても自分が現れただけで笑いかけてくれるだろう。

あーあ、とデレックはため息をついた。

「政略結婚とはいえ、婚約者を勝手に決めるなんてひどいよな」

デレックは、自分からラウレントにヴェロニカと婚約したいと言ったことを忘れて、そう言った。

勝手に決められたと思い込んだ日々が長すぎたせいもあるし、自分が思うことだけが真実だと思っているためでもある。

「デレック様、かわいそう」

フローラが、ピンクの髪を揺らしながら、悲しみを堪えた表情で言った。

「私でよければ、いつでもデレック様をお待ちしていますわ」

精一杯励ますフローラが、デレックはとても可愛く思えた。その髪に、そっと手を伸ばす。

フローラは驚いたように目を見開いてから、恥ずかしそうに笑った。

‡

最近、デレックの様子がおかしい。前からおかしいけど、さらにおかしい。

生徒会に来ないのも、何も知らない下級生の女の子たちを口説くのもよくあったけど、今まで授業はちゃんと受けていた。それが、このところ授業中も姿を見せないらしいのだ。

らしいというのは、私はちゃんと授業を受けているので、他のクラスのデレックの動向までは知らないからだ。

とはいえ、公務に励んでいるわけでもなさそうだ。私のところに回ってくる視察や報告書の量は増えている。

放課後は生徒会やバーシア様のところ、休みの日は王妃教育に公務をこなしている私にとって、学校のデレックまで面倒見られないというのが正直なところだが、放ってもおけない。婚約者というのは、公の関係でもあるから。

「学校には来ているみたいだけど、授業はサボりがちね」

ホールでのランチのときに、そう教えてくれたのはパトリツィアだ。今年はパトリツィアとデレックが同じクラスになっている。

「へえ。昼寝できる場所でも見つけたのかしら?」

呑気にそんなことを言う私を、パトリツィアは辺りを見回してから、小声で言った。

「……これ、言っていいのかわからないけど」

「ぜひ言って」

パトリツィアは私の耳元で囁いた。

「ピンクブロンドの髪の女の子と一緒にいるみたいよ」

その特徴で思い当たるのは一人しかいない。

「もしかして最近転校してきた？」

「そう。クラスは違うけど、ハス男爵の庶子の」

私はあの日、自己紹介した彼女を思い出した。フローラ・ハス。

「学園内を案内してあげていたことがあったわ。そこからかしら」

「それにしても、ヴェロニカという婚約者がいるのに授業をサボってまで二人でいるなんて。どうかしているわ」

「それは確かに、今までと違うわね」

面倒臭いけど、一度話してみようか、と私は思った。デレックとも、フローラとも。

‡

次の日。

放課後、運よく教室を出るデレックを捕まえることが出来たが、相変わらず偉そうだった。

「話？　話なんてないよ」

「私はあるの」

「ちっ。早く済ませろよ」

談話室では誰が聞いているかわからないので、中庭の隅のベンチまでなんとか連れて行って話をする。

「それでなんだよ」

「授業をサボりがちって聞いてるんだけど、フローラさんと一緒にいるの？」

なんだそんなことかと言いたげに、デレックはため息をついた。

「うるさいな。俺に構うな」

「構われたくないのなら、きちんとしなさいよ」

言ってからしまった、と思った。「きちんと」はデレックの怒りを誘発《ゆうはつ》する単語なのだ。また不機嫌になる。

だけど、今回は予想外の方向で非難された。

「嫉妬に駆られた女はみっともないぞ」

嫉妬？

私は本気で聞き返した。

「誰が誰に嫉妬しているの？」

デレックはははと笑った。

「いくらお前が俺に惚《ほ》れていても、俺の心は俺のものだ」

え、私がデレックに惚れている？　だからフローラさんに嫉妬しているって思っているの？

——政略結婚だってこと忘れたのかしら？

私がどうやって誤解を解こうか考えていると、デレックは私の頭をぽんぽんと触った。は？

「お前のがんばりは伝わっているよ。これからも俺のために真面目に仕事してくれたら傍に置いてやるから」

かちん、ときた。私はその手を振り払う。

「なんだよ、お前」

デレックは気分を悪くしたようだったが、私ははっきり言う。

「勝手に触らないで」

自分で髪を直しながら、デレックを睨む。

「なんだよ、人がせっかく」

デレックはさらにムッとした顔をした。

もしかして私がデレックに触れられて嬉しいとでも思っているのかしら。

私は話を戻す。

「デレックのために真面目にやっているわけじゃないわ。私は私がしなきゃいけないことをしているだけよ。デレックにもそれがあるでしょう？　誰もデレックの代わりはできないのよ」

「はん。強がるなよ」

だめだ、話にならない。

「もういいわ。とにかく生徒会室に顔を出してね。引き継ぎもあるんだから」

「引き継ぎ？」

「新しい生徒会長へのよ」

「ああ、もうそんな時期か。じゃあ、そいつにやらせればいい」

「……わかったわ」

私は諦めてその場を立ち去る。

もう何回諦めただろう、と心のどこかで思いながら。

‡

ヴェロニカが去った後、デレックは久しぶりに爽快な気分を味わっていることに気付いた。

——さすがのヴェロニカも、フローラには嫉妬するのか。

今までデレックが何をしようと動じなかったのに。

——何が違うんだろう？

わからない。それでもヴェロニカにもっと危機感を抱かせたかった。

「そうだ、いい考えがあるぞ」

デレックは呟いた。

——我ながら名案だ。

ハーニッシュ家の誕生パーティの返事をまだ書いていなかったのだ。それに、フローラも連れて行ってやろうと思う。さすがのヴェロニカも、弟の誕生日パーティでは大人しくしているだろう。

「見せつけてやろう」

フローラには直前まで黙っておくことにした。その方が喜びも大きいだろう。おっと、ドレスを贈ったときにバレるかな。それはそれでフローラの喜ぶ顔が見られる。

デレックはためらいなくその計画を実行した。

‡

デレックと別れた私は、いつも以上に疲れを感じていた。気持ちが重いせいか、体も重い。

このまま家に帰りたくなかった。チェスラフもアマーリエも私の変化にすぐ気づいてくれるから、心配をかけてしまう。こんなときこそバーシア様のところで修行をするべきだと思ったけれど、いつもと違うことがしたくなった。

ふと、私は自分の手のひらを見つめて思い出した。

「そうだ、スール……」

私はエドゼルに教えてもらったあの古い時計台に向かった。

自分と向き合うにはちょうどいい。

――くたくたになるまで踊ろう。

そんなことを考えて、軋む扉を開けたら、

「あれ？　ヴェロニカ。どうしたの」

中で、エドゼルが掃除をしていた。

「どうしたって、エドゼル、あなたこそ……」

「あ、これ？　趣味なんだ」

エドゼルは雑巾《ぞうきん》を背中に隠しながら言った。

「嘘ばっかり。たまには私が掃除するわ」

エドゼルばかりに任せていて申し訳ないと、私は雑巾を奪おうとしたが、エドゼルはそれを明かり取りの窓枠の上に置いた。

身長差！

手を伸ばしても届かない私はエドゼルを睨む。何事もなかったように、エドゼルは椅子に座って、私にも勧めた。

「それよりどうしたの？　今日はこないかと思っていた」

「あ、ごめんなさい。突然」

「ううん、そうじゃなくて、何かあったかと思って」

私は少しためらってから、スールの話をエドゼルに伝えた。デレックのことは言わなかった。エドゼルに聞かせたくなかったのだ。

その代わり、我ながら饒舌《じょうぜつ》に語った。

バーシア様に教えてもらったことと、スールのこと。

エドゼルなら秘密を守ってくれると信じていたし、誰かに話を聞いてもらいたい気持ちでもあった。そしてそれは、あのときあの場所に一緒にいて、私の事情も知っていて、古代語に詳しいエドゼル以外考えられない。

驚いたことに、エドゼルには私が思った以上に話が通じた。

「手のひらの光がスールだろ？」

「え？　スールって有名なの？　私が勝手につけた名前だと思うんだけど」

「知らないで使っていたの？」

「多分」

「そっちの方がすごいよ。ラノラトを勉強したら出てきたんだけどさ、ラノラトの人たちが精霊とかいう意味で使っていたと思うよ。それじゃないの？　えーっと、誰だっけな、あの論文書いた人

「……結構最近の話なんだ」

ラノラト？　精霊？

最近の論文にまで目を通しているエドゼルに、私は恐縮して身を縮める。

「わからないの。覚えていなくて……ごめんね……急にこんないろいろ言われても混乱するよね」

甘えすぎている自覚はあったのでそう言うと、エドゼルはぶんぶんと首を振った。

「全然！　言ってくれてありがとう！」

「そ、そう？」

思った以上にエドゼルが前のめりだ。ラノラトの話が絡んでいるから、知的好奇心が刺激されるのかもしれない。その気持ちはちょっとわかる。エドゼルの負担になりすぎていないか気にしながらも、私はエドゼルに意見を求めた。

「エドゼルとしてはどう思う？」

「うん、その話でいろいろすっきりする気がした」

「そうなの!?」

私なんかは余計にごちゃごちゃしたのだが。さすがだ。

エドゼルは続ける。

「大聖女様の能力は予知……いや、予知とは限らないか。時間に関係するもの。さすがバーシア様だな……ということはスール……スールが重要なんだ」

エドゼルは腕を組んで私を見た。なぜだかドキッとする。

「ダメだ、気になる！」

エドゼルは急に立ち上がった。

「ちょっと待っててくれる？」

「え？」

「すぐ戻るから！」

扉を開けて出て行った。

「結構、衝動的に動くのね？」

冷静な印象があったので意外だった。

ぽつんと取り残された私は、仕方なく掃除の続きをしようとした。

「でも、どこをどうしたらいいのかしら」

綺麗すぎる。

「た……ま！」

私が悩んでいるうちにエドゼルは戻ってきた。一冊の本を手にして。

「思ったより早いのね。おかえりなさい」

声をかけたが、エドゼルはそれ以上返事ができないくらい息を切らして、汗をかいている。どれほど急いで走ってきたんだろう。

「大丈夫？　落ち着いて」

「……て……る……」

全然落ち着いていない。私は無理しないよう、エドゼルを座らせた。

しばらくしてから、ようやく喋れるようになったエドゼルがその本を見せた。

「これを取ってきたんだ。教室のロッカーに入れていた」

受け取ってパラパラとめくるとラノラトについての論文だった。

「リネス先生？」

「いや、さっき言ってた最近の論文なんだけど、市井《しせい》の研究者でユゼック・フライっていうほぼ無名の人。まだ若いらしいんだけど、この人、自分はラノラトの血を引いているって主張している」

「ええ？」

「といっても証拠はないんだけど、『子どもの頃、嬉しいとき悲しいとき手のひらからぼんやりと光が見えた。成長するに連れて見えなくなったが、あるとき心地いい音楽を聞いていると、また見えた。心の蓋が開いているとき、それは見えるのだろう』って書いているんだよ」

「心の蓋」

エドゼルは嬉しそうに先を続ける。

「それでね、この人も、これをスールって呼んでいるんだ！　すごくない？　どこかで聞いたことあると思ったんだ。つながっているよ！」

――悲しいとき、嬉しいとき、そしてひとりでいるときにスールが見える……？

私は自分の手のひらに視線を落とした。

「大聖女の能力はやっぱり、スールが鍵になると思う。スールを自在に出せるように試してみるのはどうだろう」

――大聖女になる道はまだ閉ざされていないかもしれない……！

私はエドゼルを見上げるようにして、頼んだ。

「エドゼルさえよかったら、これからもここで踊りの練習していいかしら。くるくる回るのは疲れるんだけど、踊りで能力が開花するのちょっとわかる気がするの。ふっと、今踊っているのが自分なのか、なんなのか忘れるときあるの。あの状態からスールを出せたら何かできる気がする」

「やってみよう！　そしてもっとゆったりした踊りでもいいと思うんだ」

「それは本当に私もそう思う」

「それでこの前言っていたものとは別の踊りなんだけど」

エドゼルはラノラトに伝わる踊りを教えてくれた。

「不思議な動きね」

悪くない。

バーシア様が教えてくださった踊りは、音楽に合わせたり、くるくる回ったり、とにかく忙しくて運動という感じがしたけれど、これはゆったりと腕を広げたり、空を見上げて目を閉じたり、揺れたり、なんというか、空気と会話している気分になった。
スールは出なかったけど、それだけで十分楽しかった。

――その様子を扉の隙間から観察していたフローラは、思わず首を傾げる。

「何をしているの？　あの人たちは」

どう見てもふらふらと変な動きをしているようにしか見えない。

「まあいいわ」

そうっとそこを立ち去った。

‡

やっと筋肉痛が治ってきた頃。

「ヴェロニカ、ちょっといいかしら」

アマーリエが再び、夕食後私の部屋を訪れた。

「どうしたの？」

時期的に、きっと誕生パーティのことだとわかる。

公務も生徒会も王妃教育も大聖女候補の修行もかわいい弟のためなら、全部休みにした私は、以前と同じようにソファで並んで座りながら言った。

「なんでも手伝うわ」

「ありがとう……あのね」

言いにくそうなアマーリエの口調から、もしやと思った。

「ヴェロニカ、王太子殿下からの返事なんだけど」

やっぱり。

先回りして問いかける。

「欠席するって？」

私への嫌がらせにそれくらいしそうだと思った。だけど、アマーリエは首を振る。

「出席なんだけど、連れを一人増やしてもいいかって」

「連れ？　どなたかしら」

「それが、フローラ・ハスという女性なのよ。旦那様に相談する前に、ヴェロニカの知り合いかどうか確かめようと思って。知っている子？」

——何考えているの？

ヴェロニカは頭を抱えたかったが、アマーリエの手前、平静を装った。

「ああ、フローラさんね。もちろん知っているわ」

笑顔を作って、自分にできる最善を探す。

「学校の友達なの。一度話してみるから、デレックへの返事は少し待ってくれる？」

「……あなたがそれでいいなら」

アマーリエはお見通しのように答えた。

‡

次の日の昼休憩。

私はパトリツィアとのランチを断って、フローラの教室へ向かった。デレックは今日、公務で休みのはずだ。邪魔されずに呼び出すなら今日しかない。

教室の入り口で立ち話していた男子生徒に、お願いする。

「あの、フローラさん、呼んでくださらない？」

「あ……はい」

男子生徒は驚いたように中に入っていった。と、同時に、教室の中からも廊下からも視線を感じたが、下を向くわけにはいかない。

フローラ・ハスをヴェロニカ・ハーニッシュが呼び出す、というのは中々に注目を集めることだと覚悟はしている。

ほどなくしてフローラが現れた。

「何か御用ですか？」

「談話室で、少しだけ話せないかしら？」

「……わかりました」

二人で並んで歩く間、会話はなかった。それどころか、私の半歩後ろを歩くものだから、私がフローラを従えているみたいな雰囲気だ。まあ、それくらい別にいいけど。

「よかった。誰もいないみたいね」

「そうみたいですね……」

談話室に人がいないことにフローラさんはがっかりした様子だった。私が怖いことを言うと思っていたのだろうか。

「そこに座りましょうか」

向かい合わせのソファに座り、私は穏やかな口調を心がけて切り出す。

「フローラさん、あのね……弟の誕生日パーティに出席してくださるって聞いたんだけど」

「え？」

フローラは本気で驚いた顔をした。グレーの瞳が見開かれる。

「弟さん？　誰の？」

——デレック、やっぱり！

貧血になりそうな気分を抑えて私は、説明した。

「私の弟の誕生日がもうすぐなんだけど、デレックを招待したらフローラさんも一緒にって言うから、先にフローラさんの意思を確かめたかったの」

デレックのことだから、絶対に同意を得ていないと思っていた。男爵家のフローラが公爵家のパーティに王太子殿下と現れるという意味を、わかっていないのだ。

――私への当てつけしか考えていないんでしょう。

デレックに腹が立ったが、私はフローラを断りたいわけではなかった。

「連名で招待はできないんだけど、私からあらためて招待状を送ることはできるわ」

フローラは首を傾げた。

「出席してくださるなら、もちろん大歓迎よ」

「それって私が公爵家のパーティに行くってこと？　なぜ？」

その疑問ももっともだ。

私は今日一番の勇気を出した。

「フローラさん、私たち、友達になれないかしら」

「……はあ？」

フローラの顔が、『何言ってるのこの女？』と言いたげなものに変わった。気持ちはわかる。すごくわかる。私が逆の立場ならそう思う。

「ふざけないでよ」

そう言いたくなるのも、わかる。でも。

「ふざけてない。本気よ」

だって、ちょっと悔しかったのだ。私も、フローラもデレックみたいな男に振り回されているなんて。悔しいというか、馬鹿馬鹿しい。

「フローラさんと初めて会ったとき、薔薇の話をしてくれたでしょう？」

畑の中の薔薇は邪魔、というあれだ。

「私、あの話が大好きで、何回も思い出したの」

「あんなものが？　変わっているわね」

「新鮮だった。あのときから、ずっと、フローラさんともっと話がしたいなって思ったの」

「ふうん」

フローラは何を考えているのかわからない顔でしばらく黙り込んだ。

私は一瞬だけ期待した。

でも、ダメだった。

「高みから見下ろせる人は、そうやって遊びで手を差し伸べられるのね」

フローラはきっぱりと言った。

「お断りよ。貴族の同情を買いながらお友だちごっこに付き合わされるのはごめんだわ」

「……わかったわ」

断られても仕方ないと思っていたので、私は大人しく引き下がった。言いたかったことを言えただけでよかったと思う。

ただ、これだけは最後に、どうしても伝えたかった。

「デレックは……やめた方がいいと思う」

伝わるかわからないけれど。

「フローラさんにはもったいない」

デレックの隣にいるフローラは、最初に話したあの輝きがまったくなかった。

ふわふわとして優しいフローラはひたすらかわいらしい女の子だったけれど、私は、見るたび歯痒い思いに囚われていたのだ。お節介とわかっているけれど、今言わなければきっと機会はない。

「あなたを輝かせてくれる人と一緒にいる方がいいと思う」

「うるっさいわね！」

フローラは怒りをあらわにして叫んだ。私は、真剣に答える。

「その方がいい」

「はあ？」

「そうやって怒っている方が、あなたらしい」

フローラは突然立ち上がった、

「……大っ嫌いよ！」

それだけ言い残して、出ていった。

――まあ、そうよね。

わかっていた結果だが、私の胸はやはり痛んだ。

デレックなんか、好きでもなんでもないし、大事にしてくれた記憶もないのに、どうしてこんなに振り回されているんだろう。

「私が大聖女じゃないから……」

うっかり弱音を吐きそうになって、慌てて首を振る。

‡

ヴェロニカと別れてから、フローラは怒りに任せて廊下を歩いていた。

――腹が立つ、腹が立つ、腹が立つ。

思い出したくもないのに、ひとつひとつが忘れられない。

――なにが友だち、なにがパーティ、なにが、もったいないよ！

なんなのあの女。

どこまで見下せばいいわけ？

――こうなったら、もう手加減しないからね。

フローラは決意した。

そうなると、行動は早い方がいい。デレックが公務でいない今日がチャンスだ。あの女はどうせまだ、談話室でぐだぐだしているだろう。

フローラは以前から考えていた作戦を、実行することにした。

——ヴェロニカの評判を貶めるために。

手始めに、前から目をつけていたあの大男に声をかけよう。


「あの、チャーリー・マンネルさんですよね」

美術室の前を歩いていたチャーリーは、ピンクブロンドの髪の女子生徒から、いきなり話しかけられて驚いた声を出した。

「わあ、びっくりした！」

考え事をしていたのだ。女子生徒は、再度話しかける。

「生徒会の会計で美術部部長の、チャーリーさんで合ってますか？」

「どちらもそろそろ元がつくけど」

女子生徒はそれには答えず、にっこりと微笑んだ。

「私、生徒会のお手伝いをしたいんですけど……」

チャーリーは思わず眉を寄せた。

「それをなんで俺に？」

「生徒会役員さんでしょう？」

まあそうだけど、と頷きながらも、チャーリーは面倒臭そうに言った。

「俺より生徒会長に頼めばいいんじゃない？　あんた、ハスさんだろ？」

チャーリーも名前くらいは知っていた。案の定、女子生徒は頷く。

「ご存じなんですね……でも、今回のことはデレック様に内緒なんです」

チャーリーは本気で不思議そうな声を出した。

「生徒会の仕事を手伝うのを、生徒会長に内緒でできるわけないだろ？」

フローラは目を潤ませた。

フローラの涙を察知したチャーリーは、一瞬天井を仰いでから、すぐに近くの美術準備室の扉を開けた。

「ここで話して。廊下は目立つ」

「はい……」

フローラは大人しく一緒に移動し、ぽろぽろと大粒の涙をこぼしながら言った。

「ヴェロニカ様に言われたんです……」

「副会長から？」

流した涙を拭くそぶりも見せないフローラに、チャーリーは人目を避けて正解だったと胸を撫で下ろした。

——あのまま廊下で泣かれていたら、どんな噂が流れていたかわからない。

フローラは続ける。

「デレック様は公務がお忙しくてなかなか顔を出せないし、だけど代わりを担うヴェロニカ様は……エドゼル様と過ごしたいからって……私に代わりをしろって……だから私、言う通りに……」

チャーリーは首を捻る。ヴェロニカがそんなこと言うとは思わないが、仮に言ったとしてどうして俺にそれを話すんだろう？

「勝手に手伝えばいいじゃん」

ばっさり切ると、フローラは子リスのようにふるふると首を振って弱々しく答えた。

「チャーリーさんが鍵を持ってるから借りてこいって」

なるほど。そういうことにして、ヴェロニカの悪評を広めようとしているわけか。

これは何も知らなかったら騙《だま》されてしまう、とチャーリーは感心した。

なにしろヴェロニカはあの通りてきぱきしているし、こっちのピンク頭はふわふわだから。公務が理由かどうかは置いておいて、デレックが生徒会室に顔を出さないのも、チャーリーなら知っている。エドゼルが最近ヴェロニカと一緒にいることも把握しているのだろう。

悪くはない、だが。

「……詰めが甘い」

「え？」

フローラは、おそらくデレックの話だけでチャーリーを判断している。バリーとブレッドとチャーリーは、自分の取り巻きだとかなんとか。生徒会室の鍵はチャーリーが持っているとか。間違いでもないが、そこには一方的な情報しかない。

つまり、フローラは知らなかったのだ。

チャーリーが意外とヴェロニカを高く評価していることを。

「鍵なら次期生徒会長が持っているから、俺に言っても仕方ないことを副会長は知っている」

「それは……」

「情報が古い。だから詰めが甘いって言ったんだ」

「……」

フローラは自分の作戦が失敗したのを自覚した顔を、一瞬だけした。

「じゃあ」

それを見たチャーリーはさっさと部屋を出た。これ以上二人きりでいると何を言われるかわからない。

まあ、でも大丈夫だろう。見たところ、大したことができる器にも見えない。

それほど心配せず、チャーリーは生徒会室に向かった。

「遅くなりました」

「あら、チャーリー」

「よう、チャーリー」

ヴェロニカとバリーがすでに仕事をしていた。エドゼルもいる。

「ちょっと美術部に寄ってたんで」

「いいのよ。私もさっき来たところ」

ヴェロニカが少しだけ疲れた様子でそう言った。エドゼルが快活に笑う。

「お疲れ様です」

「どういたしまして」

チャーリーがフローラのことを話さなかったのは、面倒臭いことに巻き込まれたくないというのが大きいが、ヴェロニカをこれ以上悩ませたくなかったからだ。

それに、ヴェロニカに害があるような大きなことは、エドゼルがなんとかするだろう。

——多分、副会長が思っているより、腹黒いんだろうな。

新しい生徒会長をちらりと見たチャーリーは、

「どうかした?」

「いや」

まあいいか、と仕事に手をつけた。

しくじった。

大男のくせに、思ったより頭がよかった。

――デレックの情報だけじゃなく、ちゃんと下調べするべきだったわ。私としたことが。

チャーリーに色仕掛けを見破られたフローラは、教室を出て帰るふりをしながら、今後の対策を考えていた。

チャーリーがヴェロニカやデレックに馬鹿正直に話していたらどうしよう。

デレックならなんとか誤魔化せると思うけど、一応、言い訳も考えた方がいいわね。

あるいは。

フローラは、行き交う生徒たちを眺めながら思いつく。

デレックがいない間に、ヴェロニカの悪評をとことん流して、土台を固めておくのだ。

そうすれば後からチャーリーがフローラの悪口を言っても、ヴェロニカが嫉妬してそう仕向けたとか、なんとでも誤魔化せる。

貴族でも平民でも、とにかく人は噂話が大好きだ。

ちょっとでも好奇心を刺激すれば、人から人へと根も葉もない話が広まるに違いない。しかも相手はデレックの婚約者のヴェロニカ・ハーニッシュだ。

デレックとフローラが最近仲を深めているのは周知の事実なのだから、嫉妬にかられたヴェロニカがフローラを虐めてもおかしくない。人は無責任にもそう思うはずだ。

――目の前に見えている事実だけを、皆好きなように解釈するのよね。

フローラは早速、行動に移す。

正門の影で、控えめながらもわかりやすく泣いてみた。

涙なんて子どもの頃から、自由自在に出せる。

――さあ、誰でも聞きなさい。どうしたの、って。

最初に声をかけてきたのは、下級生の女の子たちだ。きっと心優しい子たちなのだろう。利用されるとも知らず、心配そうにフローラを覗き込んでいる。

「どうしたんですか？」

「ご気分でも？」

フローラは、はっとしたように顔を上げて、なんでもあるけど無理をしている、という笑顔を作って答えた。

「なんでもありませんの」

「でも、何かあったんでしょう？」

「家までお送りしましょうか？」

案の定、二人はそんなことを言う。フローラは深刻さを透《す》けさせて見せながら、うっかり言ってしまったふりをして答えた。

「ヴェロニカ様のご機嫌を損ねてしまって……でも私が悪いんです」

女の子のひとりは目を丸くした。

「ヴェロニカって、ヴェロニカ・ハーニッシュ様ですか？」

いい感じだわ、とフローラは内心ほくそ笑む。でも、顔には出さない。演技を続ける。

「……ご存じなんですか？　どうか内緒にしてくださいね。ヴェロニカ様も悪気があったわけじゃないんです」

「何を言われたんですの？　あの、差し支《つか》えなければ誤解を解くお手伝いをします」

「誤解じゃないんです」

フローラは無理に笑うふりをした。

「私が平民出身だから、マナーがなっていないとヴェロニカ様はお怒りになって……学園から出ていけと……もしかして明日からここに来ることもかなわないのかと、正門を見ていたら悲しくなってしまったんです」

我ながら、説得力がある。

平民だからマナーがなっていないとは、男爵家に引き取られてからあちこちで言われてきたことだ。その度に頭を下げてきたフローラは、今それが活かされていることに満足していた。

あとは、この人のいい下級生たちが、それを周りに言いふらしてくれるだけだ。だけど。

「それは……」

下級生の一人は首を傾げた。

「本当に誤解だと思いますわ。ね？　ヘルミーナ」

「えっ」

フローラがうっかり驚いた声を漏らすと、ヘルミーナと呼ばれた方も頷いた。

「ヴェロニカお姉様がそんなことをおっしゃるとは思えませんの。私もヨゼフィーネと同じ意見です」

「明日にでももう一度お話し合いすることをお勧めしますわ！」

「きっと大丈夫です！」

励ますだけ励ますと、ヘルミーナとヨゼフィーネは帰ってしまった。

ぽかんとしたフローラは、ならば同級生らしい女の子にしようと、デレックと同じクラスをうろうろして涙を流してみたが、なぜか、誰も近寄らない。男子生徒の数人は気になるそぶりを見せているのだが、なかなかこっちまで来ないのだ。

仕方なくフローラが誰かにぶつかるフリでもしてきっかけを作ろうとしたが、

「あなた、いい加減泣き止みなさい」

茶色いロングヘアの女子生徒がハンカチを差し出して、毅然とそう言った。

「ありがとうございます……私がいけないんです。ヴェロニカ様のご機嫌を損ねてしまったから」

無理矢理にでもヴェロニカの愚痴をこぼそうとしたら、

「あら、自覚していたのね。今度からは控えたほうがいいわよ。あ、ハンカチは返さなくて結構！」

ぴしゃりと言われて、終わってしまった。

「メイズリーク伯爵令嬢を怒らせるなんて……」

「よほどのことをしたのね」

そんな声まで聞こえてきて、これでは不本意な噂が立ってしまうとフローラはそこを移動した。

——なんなの？　こうなったら、絶対にヴェロニカの悪い噂を立ててやる！

意気込んだフローラは、公平と名高いリングラス王立学園の教師陣に目をつけたが、たまたま巡り合った人選がわるかったのか、厳しいと噂のデッドマー先生は、

「ハーニッシュがそんなことをするとは思えないな。誤解があるんじゃないか？」

とヴェロニカの肩を持ち、それならばと次にすれ違ったリネス先生は、

「それはともかく、ハスさん、あなた課題を出していませんよ」

と話も聞いてくれない。

「でも……」

食い下がると、リネス先生は真顔で付け足した。

「それより、早く帰りなさい。あちこち補修工事を行うのだけど、生徒が帰ってからすることにな

っているんですよ。危ないからね」

ようするに、物腰柔らかく追い返されたのだ。

「なんなのよ……」

諦めて、男爵家の馬車に向かいながら、フローラはため息をついた。

いつもはこれでうまくいっていた。仲のいい女の子同士を険悪なものにしたり、付き合って間もない恋人同士を別れさせたりできたのに。

私が平民出身だから、話をちゃんと聞いてくれないのね。悔しい。

悔しがりながら馬車に乗り込むフローラを、くたびれた神官服の男が遠くから見つめていた。

五章　ぼわっとした丸い光

翌日の放課後。

公務を終えて登校していたデレックは、いつものように生徒会をサボってフローラと中庭でくつろいでいた。

だが、フローラの様子が少しおかしい。口数が少ないのだ。

「どうした、フローラ。なんだかおとなしいな」

「なんでもないわ」

そう言って笑うフローラは明らかに無理をしている。

「なんでも言えよ？　どうした？」

デレックは、フローラの髪を撫でようとして、一瞬手を止めた。以前、ヴェロニカに怒られたことを思い出したのだ。

――なんでこんなときに。

デレックは手を元に戻した。フローラは、待ちきれないように自分から言い出した。

「デレック様、あの……公爵家のパーティに私をパートナーに選んでくださったって本当ですか？」

デレックは驚いた。黙っていて喜ばせるつもりだったのだ。

「どうしてそれを？」

「本当だったんですね」

フローラの潤んだ瞳が悲しみの色を帯びていることに、デレックは気付いた。

「何があったんだ？」

「ヴェロニカ様が……」

その名前にデレックは反応する。

「あいつが何かしたのか？」

「ううん……ヴェロニカ様は本当のことをおっしゃっただけ。いたらない私が悪いのよ」

「言ってみろ？」

フローラは、大粒の涙をぽろりとこぼした。

「……私が庶子だから……マナーがなっていないから……招待はできないと」

「なんだと？」

「それは本当のことだもの。だけど、ヴェロニカ様にとっては私がデレック様に可愛がっていただいているのも気に入らないようで、今後一切近づかないように……離れるように……って。それがつらくて」

「わかった！　俺がなんとかしてやる」

デレックはすぐに駆け出した。

「あ、デレック様？」

「待ってろ！」

その背中に微笑みかけるフローラの涙はもう乾いていた。

‡

「卒業パーティが私たちにとって最後の仕事ね。後少し、がんばりましょう」

生徒会室で私が、バリーとブレッドにそう話す。

「了解」

「面倒だけど仕方ないか」

バリーとブレッドはそれなりに素直に頷く。

最近、デレックがフローラとばかりいるので、バリーとブレッドもこちらの仕事ができるようになったのだ。

チャーリーは美術部に顔を出していて、後で来ることになっている。エドゼルは騎士団の用事があるので、生徒会にはいなかった。

「場所は去年と同じ、学園の大広間よ」

「変更なし、了解」

卒業パーティは、これから社交界で活躍する卒業生たちの演習場みたいなものだ。

生徒たちは皆ドレスアップするし、男女そろっての入場が決まりだ。婚約者同士はドレスやカフスを贈り合う。誰にとっても、思い出深い一日になる。

私は仮に出した進行表を皆に配りながら言う。

「会場の装飾のテーマを決めなきゃいけないんだけど……軽食や飲み物は前年と同じバーデ商会から仕入れようと思うの。いくつかの業者から見積もりを取ったけど、結局お馴染みのところが値引き率が高くて」

「バーデ商会も、これで儲けようとはしていないもんな。その分安い」

「会場の装飾は、フンメル商会に相談しようと思うわ」

「いいんじゃないか」

毎年、会場にはテーマを合わせた装飾をしている。と言っても、テーマカラーを決めたり、明るくしたり暗くしたりとかその程度だ。

「あんまり奇抜なのよりは伝統に則ったおとなしいものの方がいいんじゃないか」

バリーが言ってブレッドも頷いた。

「じゃあ、それで進めましょう」

ブレッドが付け足す。

「装飾に関しては美術部のチャーリーの意見も聞いた方がいいんじゃないか」

「それもそうね。じゃあ、後でチャーリーにも意見を――」

「ヴェロニカ、どういうことだ！」

さくさくと話し合いを進めていると、いきなり生徒会室にデレックが飛び込んできて叫んだ。

「え、何が？」

どういうことだ、はこっちが聞きたい。

「デレック様？」

「どうしたんですか？」

バリーもブレッドも驚いている。

だけど、デレックは私だけ見て怒鳴る。

「お前のしていることだよ！」

「していることって……」

私は卒業パーティの進行表の下書きを手にして、首を傾げる。

「生徒会の仕事だけど」

「ほら！　すぐそうやって威張る」

「威張る⁉」

「優秀で、公爵家出身だから何を言ってもいいと思っているのか？」

「待って、デレック。私が何を言ったと思っているの？」

「しらばっくれるな！　フローラに言ったことを忘れたとは言わせないぞ」

「フローラさん？　もしかして誕生日パーティのこと」

「やっぱりそうか！」

「違うの、デレック。私の友人として――」

「見損なったぞ！　そんなに俺が大事か？」

「えええええ？」

大事なんて一言も言ってないのに？　どこからそんな言葉が？

まったく嚙み合っていない会話をどうしようかと思っていると。

「これ以上フローラに手を出すと、こっちにも考えがあるからな！」

言いたいことだけ言って、出て行ってしまった。

えええええ？

「誰か、説明してくれない？」

私が眉を寄せてそう言うと、バリーもブレッドも首を振った。

「こっちが知りたいです」

「俺も」

――私が何したっていうのよ？

「まあ、いいわ。続きをしましょう」

「了解」

私たちはそのまま話し合いを続けた。

‡

「お待たせ、フローラ！　あいつにがつんと言ってやったぞ！　これでもう安心だ！」

フローラが中庭の休憩所で座っていると、デレックが上機嫌で戻ってきた。

――あの大男、デレックに言わなかったのね？

チャーリーがこの間のことをデレックに告げ口していないことを感じ取ったフローラは、微笑んだ。意図はわからないが、助かった。仮に言い付けても、デレックはフローラの言い分を信じるだろうけど、それでも手間が省けた。

フローラはデレックに向き直る。

「ありがとうございます。デレック様」

「そうか、そんなに嬉しいか。また何かあれば俺に言え」

「では、そろそろ帰りましょう。名残惜しいですけど、お忙しいデレック様を引き留めるわけには行きませんわ」

「また明日会えるさ」

帝王教育が詰め込まれているデレックは、放課後はあまりゆっくりできず、宮殿に戻らなくてはいけない。生徒会の仕事をしているという名目でフローラと一緒にいるのだ。

フローラも放課後は特に学園内に残ることはなく、男爵家に戻って美容に勤《いそ》しむ。だから、フローラは最後の確認だけしておくつもりだった。

「デレック様、公爵家のパーティのことですけど」

「ああ、弟の」

「私も出席していいのでしょうか？」

「もちろんだ！　ドレスを贈るよ。お揃いの色にしよう」

「嬉しい」

フローラはこれならいける、ともうひとつ、念を押した。

「デレック様……もしよかったら、もうひとつ、望みを叶えてもらえませんか？」

「なんだ？　なんでも言え」

「卒業パーティも、デレック様と出席したいです」

「……え？　お前が？」

デレックの驚いた顔を見て、フローラは愕然《がくぜん》とした。声にも戸惑いが出ていた。デレックはフローラがそう言い出すことなど、まったく予想もしていなかったのだ。

——どうしてよ。

フローラは裏切られた気持ちになる。

——どうでもいい誕生日パーティは無理やり出席させるのに、伝統ある卒業パーティは婚約者じゃないとダメってわけ？

ハーニッシュ家の誕生日パーティにデレックと出席することは、フローラにとっても失うものは大きい。公爵の機嫌を損なう恐れがある。ハス男爵が難色を示すかもしれない。

所詮、自分の思いつきでしか動いていない。

フローラは、こんなときなのに、ヴェロニカの言葉を思い出した。

——あなたを輝かせる人と一緒にいた方がいいよ。

うるさい、うるさい、うるさい！

——王太子なんだから、この国で一番でしょう？

フローラは取り繕った笑顔を浮かべた。

「わがまま言ってごめんなさい。諦めますわ」

デレックはほっとしたように、笑った。

「わかってくれたらいいんだ。さあ、帰ろう」

「ええ」

――絶対、卒業パーティはこの男と出てやる。

フローラは決意した。

‡

「じゃあ、これで、続きは明日にしましょう」

「はい」

「お疲れ様です」

デレックが生徒会に突撃した後も、生徒会の仕事を続け一区切りつけるところまで進めた私だったけれど、どうしても気分が晴れなかった。

結果、まっすぐ家には帰らず、また時計台に向かう。誰もいないと思って扉を開けると、

「あれ？　どうしたの？」

エドゼルが机に向かってノートを広げていた。

「エドゼルこそ。ここにいたの？」

「うん、騎士団の演習が早く終わったから、ここで勉強して帰ろうと思ってさ。自分の部屋より捗ることに気付いたんだ。ヴェロニカは？」

「あ……スールを出すために踊ろうかなって！」

無理矢理明るく言うと、エドゼルはちょっと心配そうな顔をした。

「何かあった？　無理しなくていいと思うけど」

それがスールのことなのか、なんなのかわからないけど、私は無理をしたい気分だったので、首を振った。

「とにかく、続きをがんばる！　あ、でも、エドゼルの邪魔になるかしら？」

「全然。ヴェロニカ最優先だからね。僕は」

冗談でも今はそんな言葉が嬉しかった。

「よし、じゃあ、がんばるわ」

エドゼルがノートを片づけ、机を隅に寄せてくれたので、遠慮なく私は真ん中で体を動かした。

髪が揺れ、手が動き、足が勝手に進んでいく。

踊りながら、これは多分、祈りなんだろうと思っていた。

ラノラトの民の？

そうかもしれない。

だとしたら、私が形だけ真似していてもきっとスールは出ない。

——だって、私は大聖女じゃないもの。

なぜか今日は、踊れば踊るほど、後ろ向きな気持ちになって、そんなことを考えてしまった。

当然、手のひらから光なんかでない。

それはそうだ。

スールは心の蓋を開けなくては出てこないのに。どちらかというと、今は、小さい瓶に心がぎゅうぎゅうと押し込められているかのように息苦しい。

見かねたエドゼルが声をかける。

「ヴェロニカ、休憩しよう。ずっと踊りっぱなしだ」

「でも、もう少しでスールが出せるかもしれないし」

「今のままじゃ心の蓋は開きそうにないけど」

「そうかもしれない」

「ちょっと待って……ここ座って」

言われるまま、椅子に座って休憩する。

エドゼルは自分のカバンから、封をした瓶と、コップを無造作に出した。

瓶の中身はりんご水で、それを妙に豪華な細工のガラスのコップに入れてくれる。

「どうしたの、これ」

「昼休憩にホールで買っておいた」

「ああ、なるほど……」

外でランチを食べる人たちのために、軽食や飲み物を売っているのだ。りんご水はそこで買ったのだろう。

「片付けも僕がするから大丈夫」

「エドゼル……これ、もしかして宮殿の？」

中身より、グラスが気になって私は聞いた。エドゼルは簡単に答えた。

「違うよ」

ほっとしたら、エドゼルが付け加えた。

「離宮の」

「一緒じゃない⁉」

割ったら大変だ。私は慎重に飲む。

「お、おいしい……です」

エドゼルは楽しそうに言う。

「大袈裟だなあ。これくらいのグラス、ヴェロニカの家にもあるだろう？」

「あるけど、持ち出すことはできないもの！」

似たようなグラスは確かにうちにもあるけれど、フィリベルトが毎日宝物のように磨いている。

「無茶するのね？」

飲み干してからそう言うと、エドゼルがホッとしたように笑った。

「やっと笑った」

「ずっと笑ってたわよ？」

「今日は嘘の笑顔しか浮かべていなかった」

エドゼルに言われて私は言葉を失った。

笑ってなかった？

どうして？

エドゼルが、ちょっと躊躇ってから言う。

「ねえ、ヴェロニカ、悲しくてもいいいんじゃない？」

「悲しくなんかないわよ」

反射的に答えた私をエドゼルはじっと見つめる。真正面から。

それから、真剣な口調で言った。

「ヴェロニカ、君」

何もかも見透かされている気がして、エドゼルの次の言葉が、息ができないくらい長く感じた。

陸に打ち上がった魚みたいに苦しむ私に、エドゼルはゆっくりと私に告げた。

「——がんばりすぎなんだよ」

「……え？」

冗談かと思ったら、本気の顔だった。本気でひとつひとつ、丁寧に言う。

「これ以上がんばったら、君が壊れてしまうよ。どれかひとつでも、君の荷物を軽くできないかな？」

「……私、全然がんばってなんかいないわよ」

強がりではなく本心からそう答えると、エドゼルは困ったように眉を下げた。

「そこまでいくと自分に厳しいのを通り越して、危険だ。危険物の領域に入っている」

「よくわからないわ」

エドゼルは何かを思い出すような表情で、椅子に座り直す。

「たとえば、ヴェロニカ。僕と初めて会ったときのこと覚えている？　場所はどこだった？」

エドゼルと初めて会ったとき？

そんなの簡単だ。

えっと。

あれ？

「宮殿……？」

言われたら、不思議ともやがかかったようにぼんやりしていることに気付いた。

「いつのまにか仲良くなっていた気がしたわ。最初はどこで会ったのかしら？」

「やっぱりそうだ」

やっぱり？

エドゼルは次の質問を口にする。

「シュトの花のことは覚えている？」

「この時計台の周りの？」

「それ以外で何かない？」

「いいえ」

「じゃあ、それも忘れている」

「私、何を忘れているの？」

エドゼルは、小さく頷いた。

「まあ、僕が執着しやすい性質なのは自覚あるとしても」

さらりと不穏なことを言われた気がするが、エドゼルは続けた。

「初めは本当に忘れているだけだと思ったんだ。でも、ヴェロニカの性格からして、シュトの花を忘れているのは不自然だなって思った」

「どういうこと？」

「ヴェロニカ、君、きっと悲しみに蓋をしているね。お母上が亡くなったときがきっかけかもしれないけど、悲しみを感じないようにしているんじゃない？　それともあれか、クソ兄貴のせいか？」

――クソ兄貴？　悲しみに蓋？

どちらを取り上げようかと一瞬迷ったが、後者にした。

「ちゃんと悲しんでいるわよ」

エドゼルは、違うというように首を振る。

「嘘だね。周りに気を遣わせるくらいならって我慢している。今だって悲しんでいないって言ったら、僕を困らせると思って、嘘ついている」

「嘘なんて」

「ついてる。嘘つきだよ、ヴェロニカは」

「エドゼル？」

「わがままになって、言いたいこと言ってほしい。もっと君は怒っていい」

「そんなこと……」

ちゃんと言っている、わがままも言いたいことも。

そう言おうとしたけど、何も言えなくなった。

エドゼルが私の手を優しく摑んだから。

驚いたけれど、エドゼルがあまりにも真剣な表情だったから、そのままにした。

エドゼルの手は剣を握る人のそれだった。大きくて、厚くて、温かい。

祈るように、私の手を自分の両方の手で包み込むように握る。

それから、懇願するように言った。

「悲しみを我慢するのは、周りの人のため？　じゃあ、君はいつ自分の気持ちに気がつくの？」

——私の気持ち？

「僕と一緒に、シュトの花の前で泣いたこと、思い出せない？」

シュト。

シュトの花。

「エドゼルも泣いたの？」

「号泣だよ」

「待って……それ、思い出したい」

「いや、うん、どっちでもいいんだ。ただ、僕もダメなんだなって」

「何がダメなの？」

「クソ兄貴のことを散々馬鹿にしていたけど、僕だってヴェロニカの嘘の笑顔しか引き出せてない。それが悔しくて」

エドゼルが本当につらそうな顔をして、それで私は自分のことのようにつらく思えて、思い出したくて思い出したくて仕方ないのに、思い出せない自分が悲しくて。それもこれも私が大聖女の能力が開花しないから。私は何にもできないから。私は私は私は——役立たずだから。だから何にも思い出せない。何にもできない。何にも。何にも。何にも。

こんな自分。

「……もう嫌だ……」

気付けばふりしぼるように口にしていた。

「ヴェロニカ、ごめっ」

エドゼルは慌てて謝ろうとしたけれど、私は首を振ってそれを制した。

「違……う……もう、やだ……」

理由もわからず、涙が出た。後から後から涙が出た。

なんで泣いているのか、自分でもわからない。

でも、もう嫌だった。何もかも嫌だった。何が嫌かもわからない。子どもみたいに泣くしかできない。そんな自分も嫌だった。

「もう……嫌……」

それを聞いたエドゼルは、摑んだ手を離そうか迷っているそぶりを見せた。

――離しちゃ嫌だ。

私は咄嗟に、自分の手を重ねた。エドゼルの手を握りたかったから。

その瞬間。

――エドゼルの手を摑んだ方の手のひらから、光がぼわっと出た。

それを見た瞬間、全部思い出した。

今まで蓋をしてきた悲しかったこと。つらかったこと。我慢してきたこと。

バーシア様の言葉がよみがえる。

——ないことにするからあるのよ。

‡

スールを初めて見たのは、十二年前の冬。

私を産んだ母がもう長くなく、ベッドから起き上がれないようになってからだ。

苦しむお母様を見ていると、涙と同時に手のひらから大量に光の綿毛が舞い上がったのだ。

「何これ⁉」

当然、私は叫んだ。

「ヴェロニカ……どうしたの？」

苦しむ息の下で母がそう声をかけてくれたが、私はうまく説明できなかった。

「……手に？　手に……光が……これ何……お母様……！　お母様！」

驚いて泣きじゃくる私を、駆けつけた父が苦しいほど抱きしめた。

幼いなりに私が母との別れを予感して、混乱していると思ったのだろう。その腕の中で、父も嗚《お》
咽《えつ》を堪《た》えようとしていることを察した私は、ただ号泣した。

それからも母の病室を訪れるたび、光は出てきた。だけどもう、人に確かめることはしなかった。

これは何？　と聞くたびに、皆、私のことを可哀想だと言うから。

私のことを親身になって考える人ほど、お母様がいなくなることを予想した私が寂しくて、悲しくて、そんなことを口走っているのだと泣いてしまう。

だから、私は諦めた。

世の中には「そんなもの」があると悟《さと》ったのだ。

――私にしか見えないもの。他の人には見えないもの。

そんなものが、ある。

「それ」はそこに飛んでいるのに、こんなに光っているのに、私にしか見えない。誰に言っても伝わらない。仕方ない。

五歳にして私は、孤独《こどく》と諦めを学んだ。

今思えば、その頃は悲しみも諦めも多すぎて麻痺《まひ》していたのだ。

手のひらからは毎日ふわふわと光の綿毛が飛んだが、ぼんやりと視線を送るだけで、私は無気力に日を過ごした。

そんな私に気付いてくれたのも母だった。わずかながら体調がいいその日、珍しく長い間会話した。

「最近……あまりお話してくれないのね？　なんでも言って……お母様、ヴェロニカのこと、何でも聞きたいわ」

私は思い切って口にした。

「あのね、お母様。私の手のひらから……光が……ふわふわと飛ぶことがあるの……でも……誰にも見えないの……」

母は少しだけ驚いた顔をしたが、すぐに続きを促した。

「詳しく教えて？」

私は全部話した。

光の綿毛のことと、それが見えるのは私だけであることを。

聞き終わった母は、何かを思い出すように目を閉じてから、ゆっくりと答えた。

「それは……スールかもしれないわ」

「スール？」

「古代の民ラノラトが操《あやつ》っていた精霊《せいれい》よ。小さくて、植物の種のように空中を移動するの」

「ラノラト……スール」

母はそこから、ラノラトの説明もしてくれた。

ラノラトの民は、古代語の詩の中にしかその存在が残されていない民族で、スールの話もその詩に出てくること。

「ラノラトは時を司る民だったと言われているわ。大時計台がある場所は、ラノラトの民が時間を計《はか》っていた場所なのよ」

「そうなの？」

そこから私は、ラノラトの民と、古代語に興味を抱くようになった。

——ラノラトの人たちには、これが見えていたんだ。

そう思ったら、遥《はる》か昔のラノラトの人たちにまで親近感が湧いた。

お母様が亡くなったのはそのすぐ後だった。

私は悲しみが深すぎて深すぎて、スールをいっぱい出して、そしてすべて忘れてしまった。

‡

「全部思い出したわ……」

一通り号泣し終わった私は、ハンカチで顔を整え、何とかそう言った。

エドゼルもホッとしたように笑った。目の縁がお互い赤い。

「今は見える？」

「どうかな」

私は両方の手のひらをそうっと広げた。

丸い小さな光がぽわっと浮かんだ。

それは、タンポポの綿毛《わたげ》のように小さく、軽く、ふわふわと浮き、だんだん数を増やしていく。

風に運ばれるかのような動きで、天井に向かって飛び続けた。

　そしてすぐに消える。

　やわやわと空気に溶けるように輪郭《りんかく》を曖昧《あいまい》にして消えていく。

「少しだけ出た」

　ふふふっと私は笑う。エドゼルはそんな私の顔を満足そうに見つめた。

「いいなあ、僕も見たいなあ」

「いつか見せてあげたいわ」

　スールが出ることによって、私はエドゼルとの出会いも思い出した。

「あのときも、出てたかもしれないわね」

「スール？」

　私は頷く。

「あれだけお互い号泣していたんだから」

「僕、泣いてばっかりだな」

「いいじゃない」

「かっこいいところも見せたい」

「エドゼルはいつもかっこいいわよ」

「そうじゃなくて……ありがとう」

「いいえ」

「ちょっとまとめるけど」

エドゼルは確かめるように、ひとつひとつを口にする。

「大聖女の役割は、大時計台を動かすこと。大時計台があそこに建てられたのは、その昔ラノラトの民が時を司る場所として大切にしていたから。ラノラトの民にはスールが見えていた。つまり、スールは時間の流れそのものじゃないかな」

「えっ⁉」

うんうん、と頷いて聞いていたら、最後に思ってもいないことを言われて、声が出た。混乱どころじゃない。

「スールが時間の流れそのもの？」

「時間の流れを可視化したものというか。心の蓋が開いたら、それが見える次元に移動できるんじゃないか。そこまでくると大聖女の能力もあと一息だと思う。というか、スールが皆に見えたら、それだけで説得できるんだけどな」

「すごい」

考えるべきことを全部エドゼルが言ってくれたので、人ごとのようにひねりのない感想しか言えない。そこまで考えられるエドゼル、すごい。

エドゼルはちょっと照れたように笑った。

「ずっといろいろ考えていたから」

そんなに古代語に興味を持っていてくれていたんだ。

と、エドゼルが不意に言った。

「ねえ、今、スール出ない？」

「そんなにしょっちゅうは出ないわよ。さっき出たところだもの」

念のため手のひらを広げるが、スールは出ない。

「ふうん。ある程度休憩が必要なのかな」

私はあらためてお礼を言う。

「ありがとう、エドゼル」

りんご水を飲み干したグラスをそうっと机に置く。

「ダメね、私。たまに言われるんだけど、つい真面目になりすぎるの。もっと肩の力を抜きなさいって。全力すぎるの」

エドゼルがあれだけ真剣に向き合ってくれなかったら、今でも意地を張っていただろう。そう、多分、意地を張っていた。

でもエドゼルはあっさり肯定する。

「そこがヴェロニカのいいところではあると思うよ。ねえ、今度別の場所でスールを出してみない？」

「次から次へと新しい発想が湧くのね」

「たとえば、誰もいない湖のそばで思いっきり叫んで踊って遊んだら、出ないかな？」

私は思わず笑った。

「叫ぶとか、そんなこと考えたこともなかったわ」

「スールだって大空を飛べたら楽しいんじゃないかな」

「ふふふ。確かに」

私はちょっと想像した。青い空、澄んだ湖、気持ちのいい風、土の匂い、木々のざわめき。思いっきりのびのびと踊って、空気と対話して、手を広げて、スールをめいっぱい飛び立たせてあげる
……そう考えたらわくわくした。

「それいいわね」

エドゼルに微笑みかける。

そのとき。

ふわ、と広げた手のひらからスールがひとつ飛んだ。

「あ！」

私は叫ぶ。エドゼルも驚いたように私の手のひらを見つめる。

「飛んだの？」

それはすぐに消えたけど、間違いなくスールだった。

私はエドゼルに頷いてみせる。

「うん、ひとつだけど、スールだった」

「その感じを忘れないようにして、踊ってみるのは？」

「それいいかも」

私はエドゼルが私を信じてくれていることを考えながら、踊ってみた。

体を動かしながらの思考はあちこちで。初めてエドゼルが現れたときのこと。一緒に大時計台に行ったときのこと。りんご水のこと。それらをひっくるめて、私とエドゼルが今ここにいることをありがたいなと思った。

エドゼルだけじゃない。バーシア様も、それをいうならアマーリエだって。パトリツィアも心強い。動きと気持ちが一体化すると、今、自分が動いているのか、動かされているのかわからなくなってきた。自分と空気の境目が溶けてくること、ふわふわふわふわ、とたくさんのスールが出てきた。

「すごいわ、エドゼル！」

「うん、僕には見えないけど、ヴェロニカの表情を見ているだけでわかるよ！」

「楽しい！」

私は公爵令嬢らしくなく、そんな声を出した。

六章　どう使うかは君次第

ヴェロニカがスールを出すことに成功したその夜。

フローラの元に手紙が届いた。

使用人が、お手紙です、と封筒を差し出したとき、フローラは怪訝な表情をした。

手紙を寄越す知り合いなんていなかったからだ。母と住んでいたスネトの村の誰かだろうか？

思い当たる人物がいないまま、自室に持ち込み、封を開けた。

「……誰？」

中身を読んでも、差出人はわからなかった。

『今夜零時、神殿の裏で待つ
望みを叶えてあげよう
誰にも見つからないように』

——望み？　私の？

一瞬、悩んだけれど、すぐに行ってみようと思った。

フローラは平民のようなワンピースに着替え、目立つ髪色をスカーフで隠した。念のため、短剣を懐に忍ばせて外出の準備をした。使いこなせないが、持っていると持っていないのでは安心感が違う。

男爵家を抜け出すのは簡単だった。誰もフローラのことを気にしていない。誰かにとがめられたら、眠れないから庭を散歩したかったと言えばいい。

そう思ったフローラは、堂々と正面玄関から外に出たが、誰にも何にも言われなかった。

さすがに門を出るときは緊張したが、門番が居眠りをしていたので、難なく出られた。

夜はほんの少し肌寒かったが、幸い、神殿の裏手はハス家からはそれほど遠くはなかった。

「よく来れたね」

すっぽりとフードをかぶって顔が見えない男がそこにいた。神官が着るような、長いローブだ。

「こんなところまで来るなんて、よっぽど王太子と結婚したいんだ？」

フローラはそれには答えず、質問した。

「あなたは誰？」

「そんなことはどうでもいい。協力してあげるよ」

「どうして？」

男は続ける。

「困らせたいんだ」

「誰を？」

その問いには答えなかった。

フローラが王太子と結婚して困るのは、ヴェロニカだ。公爵家に恨みを持つ者だろうか。

「どうして自分でしないの？」

男はそこだけちょっと感情を露わにした。

「そうしたいさ。でも近付けない」

「……だからこんな小娘を使うの？　友だちもいないのね」

男はふっと笑った。

「お互い様だろう？　この数日、君を見ていたけど、まったく一人も味方がいなかったね。だから手を貸してあげたくなったんだ」

本当のことを言われて、フローラは悔しかった。確かに自分には味方がいない。ヴェロニカにはあんなにいるのに。

男はローブの中から、何かを取り出した。

「君が王太子と結婚したら、面白いなって思っている。こんなところにのこのこ現れた君には親近感が湧く。はい、これ」

好きなだけしゃべっていたかと思ったら、いきなり手をのばして、フローラに小さな布の袋を渡した。受け取ったフローラが中を見ると、乾燥した薬草が入っていた。

「ハナハッカとニガヨモギとバルドレアンだ」

「珍しくはあるけど、普通の薬草ね？」

もったいぶったわりには、どこにでも手に入るものだ。男は少しだけ感心したように言った。

「さすが、スネトの村の施薬院で働いていただけあるね」

「どうしてそれを？」

フローラは驚いた。

「それくらいは知っている」

フローラは初めてこの男に警戒した。自分のことを調べたのだろうか。ハス男爵家ではなく？

「あなた、一体――」

「おっと、深追いはしないほうがいい。それより使い方を教えてあげよう。大事なのはそっちじゃない。これだ」

男は小さな瓶に入った白い粉を差し出した。

「これは……？」

同じようにそれを受け取ったフローラは、眉を寄せた。

「少しの間、判断力を鈍らせる薬だ。さっきの薬草と合わせて、こう使う」

男は小声になって使い方を教える。

「本当に？」

「信じられないなら試してみればいい。そして、もうひとつ、いいものをあげよう」

今度は、さっきよりもきらきらした粉が入った小瓶だった。

「これは高いよ？」

男はもったいぶった調子で言う。フローラは途端に興味を失う。

「お金はないわ」

おっと、と男はフローラにそれを渡す。

「いいんだ。使ってくれたらそれで」

男はさらに小声になって、使い方を教える。

「面白いだろう？　どう使うかは君次第だ」

確かに、男の言う通りの効能が出るなら、いろいろ使える。泣き真似をするより早くヴェロニカを陥《おとしい》れることができるだろう。

「こんなことして、あなたに利益はあるの？」

「さっきも言っただろ？　困らせたいんだ」

「私がこうすることによって、誰かが困るのね」

「ああ。できれば派手に困ってほしいね」

「ふうん」

「それともうひとつ。古い時計台を知っているか？」

「学園の外れの？」

「あそこに公爵令嬢が現れたら、注意深く周りを観察するといい。面白いことができる」

「面白いって……」

男が耳元で囁いた事実を、フローラはすぐには信じられなかった。

「まさか……」

だけどすぐに思い直した。

「そういうことなのね。わかったわ。ありがとう。最大限利用させてもらうわ。私もあの女には恨みがあるの」

「やっぱり君を選んでよかったよ」

フローラはそれらをすべて、受け取った。

‡

そして数日後。

放課後。いつものように中庭の休憩所で休んでいたデレックは、フローラが真剣な顔をしていることに気づいた。

「デレック様、お話があるんです」

補修工事のために居残りはしないように言われているので、他に生徒の姿はない。

「どうした。ヴェロニカのことなら俺がきっちり言っておいたぞ」

「ありがとうございます……でも、もういいんです」

フローラは、悲しげな顔で微笑んだ。

「どうした？」

デレックは、てっきり喜ぶと思っていたのに反応が違うことに驚いたようだ。

「私、デレック様とずっと一緒にいたいと思っていました……卒業しても」

「フローラ……そんなに」

「でも、デレック様にはヴェロニカ様がいらっしゃる……私、諦めます。もう、二人きりで会うのはやめましょう」

「何を言うんだ、フローラ！」

デレックはフローラの手を取った。

「心配するな！　フローラは俺の側妃にしてやる！」

側妃でも、ハス男爵家にすれば異例の出世だろう。だが、フローラがほしいのは、一番の座だ。

フローラは、一世一代の賭けにでる。

「デレック様……本当に？　嬉しい……」

フローラは自分からデレックにもたれかかり、目を閉じた。

デレックは驚いた気配を見せたが、それほど躊躇わず、フローラに口付けた。フローラは震えるふりをして、その唇をちょっと舐めた。デレックは赤面して、体を離した。

フローラは恥じらいながら、続けた。ここからが大事なのだ。

「デレック様、私、秘密があるんです」

「え」

「デレック様にだけ打ち明けます……私、実は大聖女なんです」

デレックは少しとろんとした目つきで答えた。なぜか急に、暖かな眠気に似た心地よさが自分を包んでいるのを感じる。呂律《ろれつ》が回りづらいが、デレックはがんばってしゃべった。

「大、大聖女……って……バーシア様の？」

薬が効いていることを確認したフローラは、嬉しそうに笑った。

あらかじめ自分が含んでいた薬を、口移しでデレックに与えたのだ。フローラはあらかじめニガヨモギとハナハッカとバルドレアンを配合して作った毒消しを飲んでいるから、効かない。

効き目が出るのは早いが、効果が消えるのも早いこの薬は、あの男がくれたものだ。フローラは屋敷の使用人で効果を試して、今日を迎えた。

時間との勝負だ、手早くしなければならない。

フローラは優しく囁く。

「大聖女についてご存じですか？」

「大時計台で祈りを捧げるんだろう？」

「聖女たちを集めて、代替わりの儀式を行い、大聖女が選ばれるんです。私、実はその聖女に選ばれていました」

これは本当だった。

フローラは、堂々とデレックに言い切った。

「母が亡くなってこちらにきたんですけど、この間能力が開花しました」

「……すごいことじゃないか？　なぜ黙っていたんだ？」

「私のような者が言っても信用されないからですわ。でもデレック様にだけ、証拠を見せます。ついてきてください」

フローラはデレックの手を引いて、エドゼルとヴェロニカが踊りを踊っている時計台に向かった。

「ここは……」

デレックは不思議そうに時計台を眺めている。

フローラはあたりに群生しているシュトの花を指して言った。

「今から私が祈りを捧げます。あのあたりを見ていてください」

フローラは、聖女だった頃に教えられた祈りを形だけ行った。

それでも。

——葉っぱだけだったシュトの花は、みるみるうちに蕾を膨らませ、満開になって散っていった。

そしてまた蕾になるのだ。

「フローラ！」

デレックが驚いた顔をして、フローラを見つめる。

「大聖女の力です。信じていただけましたか？」

もちろんフローラの力ではない。この中にいるヴェロニカの力だ。あの男が教えてくれたのだ。

ヴェロニカたちが中で何かをすると、この花に変化が起きるらしい。

しかも、肝心のヴェロニカたちはそのことに気がついていないらしいのだから、間抜けだ。

「すごい！」

デレックが興奮したように言う。フローラはすかさずたたみ込んだ。

「私を正妃にしてください。必ずデレック様のお役にたちます」

あの男が何者で、どうしてそこまで知っているのか、フローラは考えないことにした。今は利用だけすればいい。どうせ向こうもこちらを利用しているのだ。

「確かに……しかし」

——そしてあなたも利用されたらいいのよ。

煮え切らないデレックに、フローラは苛立ちを隠しながら、取っておいた切り札を使った。いつか使おうと思っていたものだ。

薬の効果もそろそろ切れる。

「ヴェロニカ様は……デレック様を裏切っています」

「なんだって？」

「今、この時計台の中でエドゼル様と親密になっています。ここまで来ていただいたのは、それをお見せしたかったのもあるんです」

「あいつら！」

デレックは興奮した様子で、入り口に回り、中に飛び込んだ。

‡

エドゼルとの練習で、スールを自在に出せるようになってきた。

今も目の前でふわふわと飛んでいく。

「見たいなあ……今飛んでるの？」

「すごく」

この数日で、スールを出す精度がなかなか上がった。踊りの影響も大きい。だけど一番はやっぱり心の蓋を開けることだ。

「まあ、いつか見れると思って、いろんな条件でスールを出すことを考えようか。あと、スールを出しているときの周りの変化とか」

「ということは、人前でも踊らなきゃいけないかしら」

ちょっと恥ずかしい。察したエドゼルが、先回りして言う。

「そのあたり、論文を探してみるよ」

でもその顔は笑っている。

もう、とちょっと拗ねながら私は椅子に座った。スールはもう消えていた。自分の手のひらを見ながら思わず呟く。

「よかった……これで結婚しなくてもいい可能性がでてきたわ」

エドゼルがちょっと躊躇いがちに尋ねた。

「率直に聞くけど、兄上とはどんな関係なの？　一緒にいるところあまり見ていないけど」

エドゼルがそんな質問をするのは初めてだった。私は肩をすくめる。

「うまくいっていたことなんてないの知っているでしょう？」

エドゼルは自分も向かい側に座りながら、机の上に腕を置いて、前のめりに何か言いかけた。

「ヴェロニカ、僕が——」

突然、扉が開いた。

「おい、お前たち、ここで何をしている！」

デレックが飛び込んできたから、私もエドゼルも驚いた。

「待ってください、デレック様！」

後からフローラも。

「デレック？　フローラさん？　どうしたの？」

私は立ち上がって、目を丸くする。

「どうしてここが？」

今までデレックがここを訪れたことがないので、知られていないと思っていた。デレックはずかずかと中に入り込んで怒鳴る。

「どうでもいいだろう。それより、ヴェロニカ！　お前、俺という婚約者がいながらエドゼルと二人きりになるなんて！　はしたないと思わないのか」

「え、自分のことは棚に上げて？」

今、まさに自分がフローラといるのはどういうことだろう。

「なんだと？」

しまった、思わず言ってしまった。

エドゼルも立ち上がって、私とデレックの間に入るようにして言う。

「僕とヴェロニカがここにいることについて、学校の許可はもらっています」

エドゼルは許可証のようなものをポケットから出して見せた。いつの間にそんなものを？

「僕たちが何もないことを証明する代わりに、当然兄上もハス令嬢と何もないことを証明してくれますよね？」

「う、うるさい！」

デレックは目を座らせて、エドゼルを睨んだ。あんな表情は初めてだった。

「……どんなにお前が優秀でも、お前は俺のものを欲しがる立場にはない」

エドゼルもデレックを睨み返す。並んでみると、いつのまにかエドゼルの方が背が高かった。

「つまり、兄上が重んじるのは立場なのですね」

「そうだ。中身がどんなに素晴らしくても、外側が大事なんだよっ！」

「外側ね……それならそれで、僕にも考えがありますよ、兄上」

エドゼルの口調はひやりとしたもので、私は何を言っていいのかわからなくなった。私に付き合わせたせいで、デレックとエドゼルが仲違いをしてしまったのだ。

申し訳なさで言葉に詰まっていると、フローラが少し焦ったように言う。

「デレック様、もう戻りましょう。今ここで話し合っても無意味です」

「……フローラがそう言うなら」

妙に素直にフローラの言うことを聞く。デレックは急に出ていった。

「……なんだったんだ、急に」

エドゼルがまだ怒りを露わにして呟く。

私は、なんと言ってエドゼルに謝っていいか考えていた。

これ以上、私といたら、エドゼルに迷惑がかかってしまう。謝らなくては。いや、謝ることも大事だけど、お礼も言いたい。エドゼルのおかげでスールも出せた。そう、元々これは私の問題だったんだ。なのにエドゼルが優しいから甘えてしまって。これでエドゼルに何か不利益が出たら……不名誉な噂でも出たら、エドゼルはまだ婚約者も決まっていないのに……私のせいで。

「ヴェロニカ」

エドゼルは私の腕を摑んだ。

「今、よくないこと考えているでしょう？」

「よ、よくないこと？」

その手の熱が、制服越しでも伝わって、私はどぎまぎした。でも、エドゼルの顔は真剣で、私の腕を離さない。

「僕に迷惑だからとかなんとか。そういうこと考えている。きっと」

「バレてる？」

私がわざとふざけてそう言ったのに、エドゼルは真剣な顔で続けた。

「迷惑なんかじゃない」

それは嘘だ。私はエドゼルの優しさに感謝しながらも、首を振る。

「ありがとう、でも――」

「離れても、追いかける」

「え？」

エドゼルは私の言葉など耳に入っていないような、真剣な口調で言った。

「ヴェロニカが、僕から離れようとしても、僕は勝手に追いかける」

そして、はっとしたように手を離した。

「あ、ごめん！」

「ううん、別に」

エドゼルは、いつものように笑って言った。

「今日はもう帰ろう。馬車まで送るよ」

「大丈夫」

「送りたいんだ」

「じゃあ……」

時計台を出て、馬車まで歩いている間、エドゼルは申し訳なさそうに言った。

「変なことを言ってごめん」

「変なことって」

私が何か言う前に、エドゼルは言う。

「それでなくても、ヴェロニカはショックだったはずなのに」

私が？

なんのことかと思って、顔を見上げると、エドゼルの頭の向こうに薄く月が見えた。

「でも、別に、私、デレックのことは好きでもなんでもないわ」

「それでもだよ」

そうか。それでもなのか。

私は薄い月を見上げて、人ごとのようにそんなことを考えた。

‡

その次の日、いつものように時計台に行くと、立ち入り禁止のロープがぐるっと張り巡らされていた。デレックの仕業だろうか、と考えていると、エドゼルが後ろから現れた。

「老朽化しているから、業者が修理するんだって」

「わざわざ伝えにきてくれたの？」

「うん」

その短い答えに、なんだか熱を感じてしまって、私は目を逸らす。

「しばらく踊れないわ」

エドゼルは困ったように腕を組んだ。エドゼルが困ることは何もないのに。

「また何か方法を考えるから、少し待ってて」

そんなに甘えては申し訳ないな、と思いながらも私は頷いた。

ふと、エドゼルが足元を見て呟いた。

「不思議だな」

「何が？」

「シュトの花は咲いていないのに、花びらが落ちている」

「本当だわ」

群生しているシュトは、どれもまだ硬い蕾なのに、シュトの花びらが地面に落ちているのだ。

「どれか咲いたのかしら？」

「それらしきものは見当たらないな……もしかして」

「どうしたの？」

「うん。調べてみるよ。また報告する」

わかったわ、と私たちはそこで別れた。

ひとまず、バーシア様に報告しようと私はエドゼルと別れて大時計台に向かうことにした。

‡

「スール？　それを出せるの？　踊りも役に立っている？　すごいじゃない！　しばらく会わないうちに進んできたわね」

久しぶりだったけれどバーシア様はいつものように迎えてくれ、私はお茶をいただきながら、エドゼルとの訓練の結果を話した。

「でもそこからどうしたらいいのか」

「あと少しって感じがするわ。とにかく、スールを出しているときの周りの時間の変化を確かめなさい」

「はい。ただ、最近気づいてきたんですけど、人為的にスールを出すと疲れるんですよね」

体力の消耗が激しいのだ。

「集中力が必要なのかもしれないわね」

無理はしないように、と言われて頷いた。

「こうなると、いよいよ代替わりね。結婚は回避できそうでよかったじゃない」

「でもまだわかりませんよ」

あの国王陛下を説得させられるくらい、わかりやすい能力が開花してくれたらいいのだけどと私はため息をついた。バーシア様は面白がった口調で言う。

「ヴェロニカは結婚は嫌だけど、大聖女にはなりたいのよね？　どちらも嫌だと言ったことはないわ」

「……そうですね」

「偉いわね」

肩のストールを掛け直しながら、バーシア様が言う。

「偉くないですよ」

まだ大聖女になれていないのだからそう言うと、バーシア様は驚くべきことを口にした。

「私は大聖女になんかなりたくなかったわよ」

「えええ」

私の反応に、バーシア様は目を細める。

「そこで驚くってことは、あなたは大聖女に憧れがあるんでしょう？　だからこそ向いているのよ。それでいい」

「そうなんでしょうか？」

「私が大聖女になった三十年前、今のラウレント王が王太子で、すでに他国の王女であるウツィア様とご婚約されていたわ。だから私はヴェロニカのように王族と婚約せずに済んだけれど、好きな人とも結婚できなかった」

「好きな人いらっしゃったんですか？」

バーシア様がそんなことを話されるのは珍しい。バーシア様は頷く。

「どうして結婚されなかったんですか？」

「相手が私の大聖女という立場に臆したの。そんな弱気な男いらなかったからいいけどね」

それは確かに激しく同意する。だけど、そのことを今さら教えてくださったことに、私は意味を感じる。バーシア様、もしかして。

「代替わりしたらその人と結婚するんですか?」

「まさか!」

ユリアさんまで笑いを堪えている。え、どんな人だったの。

「もう二度と会うつもりもないわ。若かったから見る目がなかったのね」

バーシア様は窓の外を眺めながら言った。そこからは大時計台と神殿に続く雑木林が見えるのだ。

「本当に代替わりが近づいてきたんだなあと思って、しみじみしちゃった」

言いながら、バーシア様はお茶を飲んだ。

‡

バーシア様のところから屋敷に戻ると、すっかり遅くなっていた。

「おかえりなさい、ヴェロニカ」

「お義母様!」

アマーリエがわざわざ玄関まで私を出迎えてくれていたので、驚いた。

「最近遅いし、忙しそうだし、疲れているんじゃないかって思って、気になってたの」

並んで食堂まで歩きながら、そう話す。

「何か悩みはない？　大丈夫？」

デレックは結局、フローラをパートナーにして誕生日パーティに来る予定だ。

もうすぐ卒業なのに、婚約者が別の女性を伴うとはどうなっているのか気にしてくれているのだろう。それでも無理強いすることなく、私から話すのを待ってくれている。アマーリエは昔から変わらず、私を見守ってくれているのだ。

「少しずつだけど、前に進んでいるつもり」

「ヴェロニカ……」

アマーリエは女優のように美しく眉を下げて、私を見つめた。

食堂に着いたので、私は急いで言う。皆に聞こえたら恥ずかしいから小声で。

「がんばるから！　見守っていて！　どんな結果になっても後悔しない」

「わかったわ」

そして、澄ました顔で食堂に入った。

「ねえさま、おかえり」

「チェスラフ。待っていてくれたの？」

すでに席に着いていた弟のチェスラフは、お義母様に聞こえないように、ぼそっと言った。

「僕の誕生日パーティのことでねえさま大変じゃない？」

心配してくれているのだ。私は大丈夫、というように片目をつぶった。

「大丈夫よ」

「無理してない？」

その答えに、私はじーんと感動する。

「ありがとう……チェスラフ、玉ねぎ食べられるようになったら大人っぽくなったわね」

「食べられなかったことなんてないよ。火さえ通っていれば」

チェスラフは誇らしげに、給仕されたばかりのサラダの玉ねぎを端に避けた。

誕生日パーティはもうすぐだ。

‡

その週末は、久しぶりに、ウツィア様とのお茶会があった。デレック抜きでたまに開催されるのだ。

私は、いつもより大人っぽいドレスを着て、宮殿を訪ねた。

「まあ、素敵よ」

私がお洒落をしていると、ウツィア様はとても喜んでくださる。相変わらず華やかなウツィア様は、美しい。

「ありがとうございます。ウツィア様もお綺麗です」

「久しぶりね。ヴェロニカちゃん。このところお互い忙しかったものね」

「申し訳ありません」

ご無沙汰を詫《わ》びると、ウツィア様は優しく手を取ってくださった。

「いいのよ。こうやって会いにきてくれるだけでも嬉しいわ。もうすぐ卒業ね。結婚も近づいてきたわ」

背筋を伸ばしてカップを置いた私は、礼儀正しさを心掛けながら、ウツィア様に質問した。

「あの……王妃様、ひとつお聞きしてもいいでしょうか」

「何かしら。なんでも聞いて」

「デレック様、最近、仲のいい女子生徒がいらっしゃるんですけど、王妃となるとどんな心得でいたらいいのか……」

あれ以来、デレックからは何も話はない。エドゼルとも会っていないのでわからない。

ただ、私とデレックの結婚に関して、ウツィア様はいつも歓迎してくださっていたけれど、たとえばフローラを側妃にすることなどは話が通っているのだろうか。

一度聞いてみたいと思っていたのだ。

そうすると、ウツィア様はスッと目を細めた。

「ヴェロニカちゃんは相変わらず真面目ね」

美しい爪で、可愛らしい装飾のクッキーをつまむ。

「はっきり言って、あなたの悩みなんて私わからないわ」

そうして、上品に口に放り込んだ。

ウツィア様の言葉の意味をとらえかねて、私は黙り込む。気分を悪くさせてしまったのだろうか。

たとえば、エドゼルの生母ロゼッタ様を思い出させたのかもしれない。

だが、ウツィア様は屈託なく笑う。

「私はエレ王国で大事に育てられた王女なのよ。側妃のひとりやふたりで私の素晴らしさが損なわれるわけないいじゃない。だからそんなことで悩んだことがないの」

「……そうなんですか」

「流れに乗ったらいいのよ。王太子妃としてやるべきことはやってもらうけど、あとは心地いい流れを探して乗りなさい。それが一番楽な生き方よ」

そういうものだろうか。

だけど、ありがとうございます、と頭を下げて、その日のお茶会はそれで終わった。


ハンカチを忘れたと気付いたのは、部屋を出てからだ。

「あの、忘れ物……」

部屋に戻ると、扉が少し開いていた。

そっと押すと、中に人影が見える。ウツィア様かと思って、足を踏み入れると。

「うん？」

お皿を下げる役割のメイドのゲルデが、あの美しいクッキーをつまんでいるのを見てしまう。

「え？」

私は急いで見なかったふりをして、外に出た。だけど、内心は驚いていた。察するにウツィア様はどこかに行ってしまわれて、誰もいないと思ったゲルデがつまみ食いをしていたのだろうけど。

――宮殿で、しかも客が見える可能性のあるところでそんな⁉

それがウツィア様の影響なのかどうかはわからない。

‡

ヴェロニカが、ウツィアとお茶を飲んでいたその週末。

エドゼルはハーニッシュ公爵と顔を合わせるようわざとらしく、宮殿の庭園で待ち伏せた。

「ハーニッシュ公爵、お久しぶりです」

ハーニッシュ公爵と会うのは、あれ以来だ。

「第二王子殿下。ご無沙汰しております」

礼儀正しい公爵に、エドゼルも礼儀正しく尋ねる。

「少しだけよろしいでしょうか」

「どうぞ」

公務のため、宮殿を訪れたであろう公爵にはあまり時間がない。エドゼルは、立ち話のまま伝える。

「率直に言います。公爵の気持ちを知りたいんです」

「私のどんな気持ちを？」

「ヴェロニカの幸せについてどう思っているか、をです」

公爵は眉を上げたが、何も言わなかった。エドゼルは辛抱強く、公爵の言葉を待った。

――卒業したら、ヴェロニカはデレックと結婚してしまう。

だが、望みはまだあるとエドゼルは思っている。ラウレントがエドゼルの婚約者をまだ決めていないのが、その証拠だ。

――父上はまだ、兄上を国王にするか決めかねている。

エドゼルはそう思うことによって、希望を抱いてきた。

公爵への質問は、それをふまえたものだ。公爵にもそれがわかっているはずだとエドゼルは確信していた。

長い沈黙の後、エドゼルの視線を受け止めた公爵は、まっすぐに答えた。

「私は親として、ヴェロニカの幸せを祈っています。ですが、王太子はデレック殿下です」

エドゼルは、頷いた。

「わかっています……ですが、私が努力する、と言ったら、どうしますか？」

「変わりません。私が願うのはヴェロニカの幸せだけですから」

「承知しました。ありがとうございます」

「では」

公爵は、すっと去っていった。その背中を見送ったエドゼルは、庭園を回り道して、離宮に戻ることにした。そこはエドゼルの住まいであるとともに、側妃ロゼッタの住まいでもあった。エドゼルは父親であるラウレントに思いを馳せた。

――僕は父上と違って、たった一人を大事にしたい。そのためにできることをしたい。

フローラがデレックに近づいているのは、ドモンコス・ハスの意向があるのだろうとエドゼルは思っていた。それにしても、ハス家は正妃になれるほどの家柄ではない。側妃で我慢できないのか？　何か企んでいるのか？

――フローラの出身の村を調べてみようか。

エドゼルは、考え込む。

「あれ？」

考えごとをしていたエドゼルは、見慣れないメイドが裏口から出ていくのを目にして、ふと足が止まった。

「今のメイド……フローラに似ていたような……」

あの髪の色は珍しい。フローラのことを考えていたから、たまたま似たようなメイドをそう思い込んだのだろうか？

追いかけようとしたが、もうメイドはどこかに消えていた。

ウツィアが起き上がれないほどの高熱を出したのは、その翌日だった。

七章　婚約破棄に歓喜する

その翌日のことだった。

「チェスラフも皆も、すまないがよく聞いてほしい」

宮廷から戻ってきた父が、夕食の席で私たちに伝えた。

「ウツィア様が突然倒れられて、かなり悪いらしい。誕生日パーティは自粛しようと思う」

「えー！　そんなあ」

文句を言ったのはチェスラフだ。

「仕方がない。招待客も王妃様に気を遣って来られないだろう」

父の言葉に、涙目になっている。あれだけ楽しみにしていたのだ。かわいそうに思って、私は提案する。

「お父様、大勢の人を招くのはやめる代わりに、屋敷の者たちや私たち家族だけがチェスフラの誕生を祝うのはどうでしょうか。まったく何もないのはかわいそうですわ」

「ううむ、それくらいならいいだろう」

私はチェスラフに尋ねる。

「チェスラフ、それでいい？」

「……ねえさまも祝ってくれる？」

「もちろん」

「じゃあ、それでいい」

「偉いわ」

「ありがとう、ヴェロニカ」

アマーリエがほっとしたように呟いた。

それにしてもウツィア様が倒れられただなんて。そんなふうに見えなかったので私は驚いた。

夕食後、私は詳しい話を聞くために、父の部屋を訪れた。ところが、父もまだ何もわからないと首を振った。

「お見舞いに伺おうかしら」

私が思わず呟くと、父は止めた。

「やめた方がいい」

「そんなにひどいの？」

「原因がわからないから、医者も手を尽くしようがないらしい。タマラ様がいらっしゃったら、と一部の文官から責められて、バーシア様も心苦しそうだった」

「そんな……」

バーシア様は何も悪くないのに。

「私が……大聖女の能力を開花できていたら……何かお役に立てたかもしれないのに」

悔しさのあまりそう言うと、父は慰めるように答えた。

「気にするな」

ところが。

事態が急展開したのは、次の夜だった。

「ヴェロニカ！　ヴェロニカ！　ちょっと私の部屋まで来なさい」

「お父様？」

宮廷から戻った父が、私を再び部屋に呼んだかと思ったら、慌てたように告げたのだ。

「ヴェロニカ、お前、フローラ・ハスという娘を知っているか？」

「クラスは違いますけど、同じ学園に通っています」

「王太子殿下が連れてきたその娘が、ウツィア様を治したのだ」

——え？

「王太子殿下は、フローラこそ大聖女、だからフローラを正妃に、お前を側妃にと言っているらしい」

「待ってください。そんな！」

「まったくだ！　正妃ならともかく側妃など！」

父は憤りながら言葉を続けた。

「そうなると、そのフローラとやらをエドゼル殿下の正妃にする話もあるらしい」

「……エドゼルの？」

「一部の者が言い出しているだけだが。一応、お前に関わることなので伝えておこうと思ってな」

「……教えてくださってありがとうございます」

自分の部屋に戻ってから私は、バーシア様の別の言葉を思い出していた。

――大聖女は時計台の歯車のようなもの。

フローラが大聖女だとしたら、私にはやっぱり能力はないのではないだろうか。

だからといって側妃になるつもりはない。

――でもそうなるとエドゼルとフローラが結婚……？

自分の気持ちがわからなくて、私は部屋でひとりうずくまっていた。

‡

同じ話をエドゼルもラウレントから聞かされていたが、フローラが大聖女だとは納得していなかった。

――神殿の古い蔵書なら、何かわかるかもしれない。

エドゼルは、夜も更けたにもかかわらず神殿に向かった。

しかし、エドゼルの知らない間に神殿の警備は厳しくなっており、エドゼルすら部外者として中に入れてくれなかった。

「困ったな」

エドゼルは仕方なく、他の方法を考えることにした。神殿以外にも何かあるはずだ。

‡

フローラは、デレックのはからいで、宮殿に客人扱いで泊まることになった。

豪華な部屋のバルコニーで、デレックと並んで夜の庭園を見下ろす。

「お前が大聖女でよかったよ」

用意された豪華なドレスを身につけてフローラは、いつもより妖艶な眼差しで応える。

「これで卒業パーティは私と一緒に過ごしてくださる？」

「もちろんだ。あんなつまらない女、エスコートせずに済んでよかった。ドレスも贈らないように侍従に伝えてある」

言いながらデレックは思い出したように付け足した。

「そうだ、あのつまらない女、執務はできるから、側妃にして、生徒会のときのようにこき使おうと思うんだ。いいだろ？」

「……ふーん」

「なんだよ、妬いているのか？　一番はお前だよ」

そう言ってフローラを抱きしめるデレックの、デレック本人でさえ気付いていないヴェロニカへの執着を、フローラは感じ取る。

――やっぱり、気に入らないわ。あの女。

「ねえ、だったらいい考えがあるの」

「なんだ？」

「卒業パーティで、皆の前で婚約破棄を言い渡してほしいの。そして、私を正妃、ヴェロニカ様を側妃にすると宣言して。それならきっとヴェロニカ様も受け入れるはず」

「しかし皆の前で宣言するとなればそれなりの理由が」

「大聖女である私を虐めていただけで十分じゃありません？　怖かったわ」

「なるほど……それはそうかもしれないな」

戸惑いを隠しながらデレックが言い、フローラは囁いた。

「約束よ」

同じ頃。

「……これかもしれない」

ユゼック・フライの論文を隈なく読んでいたエドゼルは、興奮を抑えてそう呟いた。

ついに見つけたかもしれない。大聖女の能力の開花方法を。

‡

翌日。

私は自分の気持ちの整理ができないまま登校した。学園内は卒業パーティの話題で持ちきりだった。誰と誰が一緒に行くとか、誰がどんなドレスを着るとか。

半年前くらいまでは、私もデレックと行くつもりだった。形だけの婚約者として。でも、それはもうないだろう。

一人で行くしかない。デレックから珍しく手紙が来たと思ったら、ドレスは贈られないという知らせだった。そんなことを嬉々として伝えるのだ。

——まあいいわ。何を着るかはアマーリエに相談しよう。

そんなことをぼんやりと考えていると、教室の前にエドゼルが立っていることに気が付く。

「ヴェロニカ、ちょっといいかな」

遠目から見たら、エドゼルはとてもかっこいい。今も、遠巻きに女の子たちがチラチラ見ている。

私といるところを見られたらまたエドゼルに迷惑がかかるんじゃないかと思ったのだけど、エドゼルの方から先に言った。

「兄上なら今日は休みだ。大聖女様のおもてなしに忙しいらしい」

「……フローラさんね。ウツィア様は？」

「回復しているらしい」

「じゃあ、やっぱりフローラさんが……」

私は最後まで言えなかった。エドゼルも含みを持たせた言い方をする。

「そのことで話があるんだ。いい？」

「わかった」

授業が始まる前にと、私たちは誰もいない生徒会室に向かった。

部屋に入るなり、エドゼルは言う。

「実は、大聖女の秘密がわかったかもしれないんだ」

「え？」

「それを証明するために、明日の早朝、大時計台の前に来れないかな」

「行く」

考える前に返事していた。

「馬車を迎えに出そうか？」

エドゼルの気持ちは嬉しかったけど、私は首を振った。

「ううん。お父様に心配かけたくないから……アマーリエに協力を頼むわ」

私は確信があった。アマーリエはきっと私の味方でいてくれる。

「わかった。でももし危ないことあればいつでも中止にしていいから」

「ありがとう。大丈夫」


そうして、早朝。

アマーリエに協力してもらって、私は大時計台の前に来た。

アマーリエは二つ返事で、大丈夫、いってらっしゃい、と送り出してくれた。一緒に来てくれた侍女のデボラと御者のブロースは、念のため近くで待っている。

「ヴェロニカ、来れたんだね」

「うん」

早朝のまだ薄青い空気の中で見るエドゼルは、少し大人びていた。

だけど、言うことはいつもと同じだ。

「踊って」

「ここでも⁉」

「わかった……」

外で踊るのは初めてなので恥ずかしいのだけど、いつものように、空気と一体化できるように踊ってみた。

スールがぶわあっと飛んでいくのがわかるが、私は踊りを止めない。手を動かして、空気になって、スールのようにどこかに流れていく。

「ヴェロニカ、踊りながら大時計台の外壁に触れることができる？」

エドゼルの声に頷きだけ返して、私は大時計台に踊りながら近づいた。少しずつ距離を縮めて、外壁に触れる。

と、不思議な感覚がした。

振り返ると、エドゼルがそこにいた。

「踊って」

踊っているじゃない、と答えようとしたら、

「ここでも!?」

エドゼルの向かい側に私がいる。

「大丈夫」

「わかった……」

私は、一瞬なんのことかわからず混乱した。

これは、さっきのやりとりだ。

——巻き戻っている？

思わず、踊るのを止める。

体が急に重くなった。

「ヴェロニカ、大丈夫？」

慌てたようにエドゼルが駆けてくる。これはどのエドゼル？

「……どういうことなの？」

座り込んでそう呟くと、エドゼルは嬉しそうな顔をした。

「そう聞くっていうことは、成功したんだね！」

エドゼルは、座り込む私に説明した。

「ヴェロニカの能力は、時間を巻き戻す能力なんだよ！　タマラ様やバーシア様とは根本から違うんだ！　すごいよ！」

エドゼルはその資料を、神殿の書庫の奥で見つけたと言う。

「アントヴォルテンの古代語ばかりにこだわっていたから見過ごしていたんだ。ユゼック・フライの論文を参考に帝国語の古代語の資料を探したんだ」

「帝国語の？」

「帝国だって、当時のラノラトの人の不思議を聞いたりしていたんじゃないかと思って。それなら絶対文字に残したがる。あたりだったよ。『ラノラトの人々は、スールを出して、時間を巻き戻すってあったんだ！　これだ、って思った」

「壁を触るのはどうして？」

「うまく説明できるかわからないけど、壁は触媒なんだ。その方法が一番簡単だって書いていた」

「触媒？」

「うん。たとえるなら、壁が見ていた時間を踊りによって遡《さかのぼ》るっていう感じかな。生き物だと動いたり考えたりして触媒に向いていないけど」

「でも、すごく……疲れるんだけど」

「うん……スールの量で遡れる時間は変わるらしいし、木や花だと変化が出すぎることもあるっていうから壁とか建物がちょうどいいのかなあって思ってる。あと、やっぱり体力はいるみたいだ。無理はしないように。さっそくバーシア様に報告しよう」

「待って、エドゼル、バーシア様や陛下に報告する前に、私、もう一度この能力を試したいところがあるの」

「どういうこと？」

「ウツィア様の部屋にこっそり私を忍び込ませてもらえないかしら……フローラさんがウツィア様を治癒したところを見てみたいんだけど」

エドゼルは私の意図を理解したようで、少し考え込んだ。

「……それについては僕に任せてもらえないか？」

「どういうこと？」

「ヴェロニカが大聖女の力を発揮したからには、フローラ・ハスは詐称だと思っている。その証拠を掴むのを任せてほしい。そんな長時間の巻き戻り、ヴェロニカの体にどんな負担があるかわからないじゃないか」

「でも……」

そんな証拠などあるのかしら。

——それにもしかして、本当にフローラが大聖女である可能性もまだ否定できない。

私が不安に思っていると、エドゼルは力強く頷いた。

「思い当たることがあるんだ」

「わかったわ。エドゼルに任せる」

「ありがとう」

‡

念願の大聖女の力が覚醒したあとも、私の生活は何も変わりはなかった。

バーシア様には早くお伝えしたかったのだけど、エドゼルがフローラの詐称の証拠を一緒に突きつけたほうが話は早いというので、時期を待っていた。

その間も、踊りの練習は欠かさずした。

そして、エドゼルと話し合った結果、卒業パーティが終わったら二人で陛下とバーシア様のところに行って、報告しようということになった。

何から何までエドゼルの手を借りるのは申し訳なかったけれど、

「こうなったら、僕も共同研究者みたいなものだよ」

と言ったので、それもそうかと思った。

陛下とバーシア様に報告した次の段階として、デレックとの婚約を解消しようと思っている。ただ、デレックがどう出てくるか不安だった。

あれからデレックとは話もしていない。一度、学園ですれ違いざまに、

「パーティは一人で行けよ」

と言い捨てられただけだ。

父とアマーリエにはもちろんすべてを話した。私とエドゼルの計画を尊重して、しばらくは動かないと約束してくれた。

アマーリエの見立《みた》てで、私は赤いドレスを新調した。髪は、デボラが時間をかけて巻いてくれた。

だから、大丈夫。

私は鏡の中の自分に言い聞かせる。

——今日は卒業パーティだ。

‡

大時計台が、夕刻を告げる鐘を鳴らした。

「やだ、急がなきゃ」

馬車の中で、私は慌てたように呟く。

「私が支度に手間取ったせいね。馬車まで寄越してくれたのに、待たせてしまってごめんなさい」

「全然待ってないし、まだ間に合うよ。そのドレス、よく似合っている」

正面に座っているのは、今夜のパートナーであるエドゼルだ。

「ありがとう。両親からの贈り物なの」

「そこまで気が回らなかった。ダメだな、僕は」

「まさか！　エスコートしてくれるだけで助かっているのよ。エドゼルもとても素敵」

今日はエドゼルも正装で、紺地に金の刺繍が施された上等な上着を身に着けていた。エドゼルの整った顔立ちと黒髪がさらに引き立っている。

「ありがとう」

やがて馬車が学園に到着した。

「着きましたよ。どうぞ、お気をつけて」

エドゼル付きの御者が、目を細めて見送ってくれる。

「急ぎましょう。私だけならともかく、エドゼルを遅刻させるわけにはいかないわ」

「少しくらい遅れた方が、皆おしゃべりを楽しめてちょうどいい。ゆっくり行こう。いつもと違う靴なんだから、走れないだろ？」

差し出された手を、私はちょっと緊張して受け取った。平静を装うために、取り留めのない話をする。

「卒業生は全員集まったかしら」

「僕たちの後に馬車が着いた様子はなかったよ」

大広間までの道のりに人の気配はなかった。デレックはもう到着したのかしら、とヴェロニカは思ったが、口に出さずに呑み込んだ。

「ヴェロニカ？　どうしたの？」

私の一瞬の憂鬱《ゆううつ》を読み取ったかのように、エドゼルが声をかける。

「ううん、なんでもない。今日で卒業なんだなあと思って」

「そうだね。寂しくなるよ」

「エドゼルが生徒会長に就任してくれて、本当によかった。安心して卒業できる」

私はその茶色い瞳でエドゼルの横顔を見上げた。

忘れないように、しっかりと焼き付けたくて。

だって。

——今日で、エドゼルともお別れだから。

「そんなに見られたら恥ずかしいんだけど」

視線に気付いたエドゼルが黒い瞳を細めて笑う。

「大したことはしていないよ。僕がしていたのは手伝いで、主導していたのはヴェロニカだ」

「それは謙遜しすぎよ」

私は、目に力を込めてエドゼルに告げる。

「いつ、どこにいても、私が役目を全うすることによって王国の役に立てるなら、巡り巡ってそれはエドゼルのためと思って……そう信じて生きていくから……それだけ覚えていてくれる？」

「……ヴェロニカ」

エドゼルの戸惑うような声に、私はハッとした。何言っているんだろう。私。

「あっ……ごめんなさい。私ったら」

泣いてはダメだ。泣くなんておかしい。見せるのは笑顔にすべきだ。

でないと、エドゼルに誤解される。

「卒業パーティだから、少し感傷的になっているのね。気にしないで」

私は寂しさを滲ませないように意識しながら、話題を変えた。

「でも、そのパーティだって、エドゼルがエスコートを申し出てくれなかったら、一人で入場しなきゃいけなかったんだもの。本当に助けられてばかり。エドゼルなら生徒会の後輩として、パートナーとして自然だものね。学園を後輩に託すという意味も込められるわ」

そんなことを話しているうちに、ホールの入り口が見えてきた。

夕暮れの薄闇の中、係員が扉の前に立っているのがわかる。

私はエドゼルの手の温もりを感じながら、顔を見ずに伝えた。

「エドゼルが後輩で、本当によかった」

寂しさよりも、感謝を。

「エドゼル、今まで本当にありがとう」

エドゼルは、なぜか悲しげに眉をひそめた。

「ヴェロニカのためだけじゃない」

大広間はもう目の前だ。

係員が扉に手をかけたのと同時に、エドゼルが低い声で囁いた。

「むしろ、僕の方がわがままを聞いてもらったと思っているよ」

——わがまま？

「まさか。そんなこと思ったことないわ」

「本当に？」

エドゼルの目に熱が込められた気がしたが、それ以上話す前に、ゆっくりと扉が開かれた。

「どうぞ」

扉が開け放たれる。

「卒業おめでとうございます」

「卒業おめでとう、ヴェロニカ」

「ありがとう」

中にはこの日のためにドレスアップした生徒たちでいっぱいだ。

「ヴェロニカ、ちょっと席を外すよ、すぐに戻る」

「わかったわ」

次期生徒会長として、エドゼルも忙しいのだろう。私は笑顔で見送った。

そこでようやく、デレックが見当たらないことに気が付いた。

いくらデレックでも卒業パーティには顔を出すはずだ。そんなことを考えていると、背後からドアがバタンと開いた。

「遅れたな！」

「デレック！」

落ち着いた佇まいのエドゼルとは対照的に、今日もデレックは騒がしい太陽のようだった。

とにかく自分が中心であり、周りの気持ちなど頓着しない。

ずっとそれに振り回されてきたけれど、王太子であり前生徒会長であるデレックがいなければパーティは始まらないのでひとまずほっとした。

白地に金の刺繡の入った上着は、デレックの金髪によく似合う。

「デレック、早速だけど、前生徒会長として始まりの挨拶を――」

「ああ、そうだったな。あそこに立って言えばいいのか?」

「ええ」

思いのほか素直にデレックは壇上に移動した。だから、デレックが誰をパートナーにして入場してきたのか、確かめなかった。どうせ一人しかいない。

「それでは、前生徒会長デレック様のご挨拶です」

エドゼルと同学年の、新しい書記の男子生徒が緊張を含んだ声でそう告げた。

デレックは不遜な目つきで私を見つめてから、笑って、そして、高らかに告げた。

「ヴェロニカ・ハーニッシュ!　お前との婚約を破棄する!」

会場中が固まった。

――今、婚約破棄って言った?　聞き間違いじゃなく?

私は震える声で確認する。

「デレック……どういうこと？」

「お前みたいな傲慢な女は、うんざりだ！　冷たくて、理屈っぽくて、顔を合わせれば小言ばかり！　真冬の氷だって、お前よりは温かい！」

――傲慢？　冷たい？　真冬の氷？

「もう少し詳しく説明してくれない？」

「そういうところだよ！」

「だから、具体的に」

デレックはニヤリと笑った。

「いつも冷静沈着なヴェロニカも、さすがに驚いているな？」

「それはそうね」

驚いたことは事実なので頷くと、デレックはニヤリと笑った。

「少しは可愛げがあるじゃないか」

――可愛げ？

「だが手遅れだ！」

噛み合っていない会話に疑問を挟む前に、デレックが再び叫ぶ。

「ヴェロニカ・ハーニッシュ！　私はお前との婚約を破棄し、フローラ・ハスとの新たな婚約を宣言する！」

――婚約破棄だけじゃなく、別の女性との婚約も!?

周りの生徒たちがとうとう大きな声で騒ぎ始めた。

「信じられないわ」

「何もここでおっしゃらなくても……」

私は内心頭を抱える。なぜ何もかも一気に言うのだ。生徒たちのざわめきは続く。

「フローラ・ハスって？」

「ほら、転校生の」

「ああ、男爵家に引き取られたっていう……」

近くにいたパトリツィアが、憤ったように呟いた。

「こんな大勢の前でこの仕打ち……ヴェロニカが何をしたっていうの！」

「パトリツィア……」

私はパトリツィアに向かってそっと首を振った。気持ちはありがたいが、パトリツィアが巻き込まれては大変だ。

パトリツィアは心配そうに眉を寄せたが、私の意を汲んで黙り込んだ。私はデレックに向き直ろうとした。

と、そのとき。

「デレック様！」

フローラが、デレックの名前を呼びながら駆けてくる。真っ白なドレスに身を包み、ふわふわとしたピンクブロンドをなびかせ、いかにも庇護欲をかきたてる雰囲気を醸し出していた。

「フローラ。待っていろと言ったじゃないか」

デレックが甘い声で応じる。

「だって……私、心配で」

お揃いの白い衣装に身を包んだ二人は、手を取り合った。

「大丈夫だ。もうすぐ終わる。二人で幸せになろう」

「はい……」

フローラの目に涙が光る。

——この人たち、ここが公共の場所ってわかっているのかしら?

かつん、とヒールの音を立てて、私はデレックに一歩近付いた。

——もう我慢できない。

皆が、一斉に私に注目するのがわかる。

「な、なんだよ、その目は。やめてくれとでも言うつもりか?」

私の迫力に怖気付いたのか、デレックの勢いが少し削がれた。

「デレック」

私は、込み上げる気持ちを抑え切れず、デレックに尋ねた。

「本気なのね……本気で、私との婚約を破棄するつもり？」

デレックは、フローラの腰に手を回して答える。

「なんだ？　今さら心を入れ替えても遅いぞ？　俺の決心は変わらない」

「……本当に？」

「しつこいぞ！　ああそうだ！」

「私の……聞き間違いじゃないのね？」

「何度も言わせるな！　お前との婚約は破棄だ！」

「いいのね⁉」

「え？」

「本当にいいのね！」

胸の奥がすうっとする気持ちがして、私は一気に言い募る。

「もちろん受けるわ！　受けるに決まっているじゃない！　きゃっほう！」

「きゃっほう？」

デレックが呆然としているが、私の声はどんどん弾む。

「ああ、本当にありがとう！　あ、婚約もおめでとう！　じゃ、これで！」

赤いドレスの裾を軽やかに翻し、私はデレックに背を向けた。

「お、おい。待て」

待たない。

「まだ話があるんだ！」

私にはない。一言だけ叫ぶ。

「末長くお幸せに！」

そして、出口に向かって走った。

まさか泣いて縋り付くと思っていた？　まさかね？　だって、デレックから婚約破棄してくれたんだもの！　思えばデレックはずっとずっと私との婚約が嫌だったものね。

──おめでとう、デレック！

天井のシャンデリアや四隅に飾られている大理石の彫刻が、いつもより輝いて見えた。ああ、本当に、本当に。

──なんという僥倖！

私は心の底から歓喜する。

──こんな日が来るなんて思わなかった！

「ヴェロニカ！」

「エドゼル！」

騒ぎを聞いて駆けつけてくれたのだろう。席を外していたエドゼルが戻ってきた。

エドゼルにはいつも心配ばかりかけていた。

——ちゃんとお礼を言わなきゃ！

「動かないで、僕が行くよ」

エドゼルはそんな私の気持ちを読み取ったように、私の傍に寄る。

「ヴェロニカ、大時計台に一緒に行ったときのこと、覚えている？」

「ええ。もちろんよ」

まさかこんな日が来るなんて——

「話を聞け！」

私が感慨にふけっていると、デレックがイライラしたように、怒鳴った。

「話？　まだ何かあるの？」

「ここからが大事なところだ！　お前との婚約を破棄する理由を知りたいだろ？」

「冬の氷みたいに冷たいからじゃなくて？」

「それもあるが、具体的な理由は次期大聖女であるフローラ・ハスへの陰湿な嫌がらせだ！」

嫌がらせ？

「本来大聖女と協力し合わなくてはいけない次期王妃たる者が、大聖女をいじめるなど、その資質に問題ありと判断してのことだ」

デレックの言葉に、周りが戸惑ったようにざわめき出した。

ふう、と息を吐いて、私はデレックに近付いた。

「デレック、聞いてもいい？」

「なんだ。言い訳か？」

「そうじゃなくて、このこと、陛下や父は周知しているの？」

デレックは頷いた。

「父である国王陛下にはすでに許しをもらっている。ハーニッシュ公爵には、このパーティが終了後、速やかに伝える」

父にはまだ言っていないとしても、陛下は既に許している？

「陛下のお心をお聞きしても？」

「信じられないのも無理ありませんわ」

私の質問に、デレックではなく、フローラが答えた。

「だけど確かに陛下は、私をデレック様の婚約者にしていいとおっしゃいましたわ。昨夜、二人でお願いに上がったんです」

それだけでは陛下の意図を摑みきれず、私はとにかく、この場をなんとか収拾しようと考えた。パーティは私たちだけのものではない。場所を移動しなければ。

私は毅然として、デレックに言う。

「承知しました。事実関係に齟齬《そご》はあるにしても、私とデレックの婚約が破棄されることについては異存ありません」

おお、と周りが騒ぐ。

「では、今後のことは家を通して話し合いましょう」

言いながら私は、急いで学園の応接室を借りようと考えた。宮殿に移動した方が早いかもしれない。パーティのことはチャーリーたちに託そう。

やはり陛下と、お父様もお呼びして。エドゼルも同席してもらった方がいいわね。バーシア様はどうかしら。

しかし、私の思考をフローラが遮った。

「そうだ、言い忘れたんですけど、ヴェロニカ様、安心して下さい」

「安心？」

なんのことかわからなくて問い返すと、フローラは高らかに告げた。

「私がデレック様と結婚しても、ヴェロニカ様が輝ける場所はちゃんと作っていますから」

どういうことかまったくわからなかった。

「私から説明しよう」

デレックが割って入った。

「よく聞け、ヴェロニカ、お前という性悪女を次期王妃にすることはできない。よってお前との婚約を破棄し、フローラと結婚することは言った通りだ」

随分な言われようだが、とりあえず黙って聞いた。デレックは、気持ちよさそうに続ける。

「だが、ここにいるフローラの温情で、お前を追放したりはしない」

「追放？　どこに？」

されるわけない、と思っていたがその先の荒唐無稽《こうとうむけい》さに、言葉を失った。

「それどころか、フローラを正妃にしたのちは、お前を側妃のひとりとして迎えることにした」

——そんなことまでここで言うの？

私は目が点になった。周りの反応も似たようなものだ。

「……どうして私が側妃に？」

嫌悪感を抱きながら、私は仕方なく聞き返す。

——しかも『側妃のひとり』ってことは、この人、後から何人も側妃を迎える気なのね。

デレックは説明する。

「フローラは大聖女としての役割があるから、正妃の仕事までこなせないとなってな。そこでお前なら今まで正妃教育も受けているから、適任だろう。表に立つ仕事はフローラがするから心配するな」

さすが、今まで自分の仕事を私に押し付けてきた人の発想だ。呆れ過ぎて言葉が出ない。

私が沈黙していると、それをどう捉えたのか、フローラが言い添えた。

「ヴェロニカ様の資質が試されるときですよ？　しっかりがんばってくださいね」

は？

資質が試される？

私の？

「ここでしっかり成果を出せば、フローラに対する陰湿な嫌がらせも反省したと思い、許してやる。日頃からの、偉そうな言動を改めるがいい」

デレックは嬉しそうに続ける。

「これは父である国王陛下からの提案でもあるんだ。お前と婚約破棄してフローラと婚約したいと言ったら、お前が側妃になるなら認めると」

それを聞いた私は、まさか、とひとつの可能性に行き当たる。

——デレックに知らされていなかった、私との婚約の本当の意味。

あのときの陛下の言葉。

デレックが何をしても、諌めなかった陛下。

つまり、陛下はこの長い年月をかけてデレックを——

「よろしいでしょうか」

「ん？　なんだ？」

私はデレックが言い終わるのを待たずに言った。

「側妃になるつもりは絶対にありません」

この二人には、はっきり言わなくては伝わらない。

「そもそもデレックにそこまで執着していませんし、さっきも言ったように、むしろ、婚約を破棄されて嬉しく思っています」

「な……？」

どうしてそこで驚くのか、本当に不思議だ。

「デレックもずっと昔から私との婚約が嫌だと言っていたじゃないですか」

「……それは」

「でも、ごめんなさい。ずっと言っていなかったことがあるわ」

私はデレックに初めて伝えた。

「私が、大聖女です」

「は？」

「ですから、彼女は嘘をついております」

こんな重大な事実を知らされていないのにこんな茶番を許すとは、陛下がデレック様を最終的に見限ったということなのだろう。

デレックは呆然としていたが。フローラは大声をあげた。

「嘘よ！　そっちが嘘をついているんだわ！　デレック様、信じて！」

「とにかくわたくしは側妃にはなりません。これ以上の話し合いは場所を変えましょう」

「へ、陛下の命令だぞ！」

「兄上」

エドゼルが鋭い声を出して、デレックに向き合う。

「陛下から、言付けを預かっております」

「なんだと？」

エドゼルは書面をデレック様に差し出した。

「陛下は兄上の言動をしっかり観察して、場合によってはこれを見せろと私に命じました」

「寄越せ！」

みるみるうちに、デレックの顔が青くなる。

生徒たちも固唾を飲んで見守っていた。エドゼルが容赦なく解説する。

「そこに書いてあります通り、本気でフローラと婚約し、ヴェロニカを側妃にするなどという馬鹿げた案を実行する場合には、兄上を廃嫡《はいちゃく》し、私を王太子にすると」

「嘘だ！」

「嘘ではありません。そして」

エドゼルは、私の前にひざまずいた。女子生徒たちの歓声が上がる。

「ヴェロニカと私の婚約を、王家からあらためて公爵家にお願いすることになります。これは公爵様もご承知のことです」

「嘘よー！」

フローラの叫び声が上がった。

「その女の企みでしょう！　どうせ！　全部！」

フローラが私に摑みかかろうとしたが、それより先にエドゼルがフローラを地面に押さえつけた。

一瞬の動きだった。

「痛い！　やめてよ！　痛い！」

「マックス！」

「はいよ」

マックスと呼ばれた騎士を皮切りに、宮廷騎士が大勢現れた。

「こいつを頼む」

「はっ」

エドゼルがフローラの拘束を指示する。

デレックも、いつの間にか騎士たちに取り囲まれていた。デレックは状況を飲み込めていない。

「お、おい。これはどういうことなんだ？　ヴェロニカが大聖女？」

正面に立ったエドゼルがゆっくりと告げる。

「兄上は、見抜けていなかったんですね。フローラは大聖女ではありません」

「は？　お前、何を言っている」

「それどころか、正妃ウツィア様に毒を盛った容疑があります」

フローラが拘束されながらも叫ぶ。

「な、なによそれ！」

エドゼルは、淡々と告げる。

「フローラ・ハス！　お前がメイドに扮《ふん》して、正妃ウッィア様のお菓子に毒を盛ったことはわかっている」

「え？」

毒？　ウッィア様が？

「誰にも見られていないと思ったんだろうが、甘かったな」

「そんなの！　証拠もないのに！」

「メイドのゲルデがしょっちゅうウッィア様のお菓子をつまみ食いしていた」

フローラの顔色が変わった。

「いくつかのお菓子を残していたから、それを調べると薬物が出てきた。しばらくは苦しむが、数種類の薬草の匂いを嗅がせると快癒する毒だ。治癒能力として見せたのはこういうからくりだったんだな？　お前の荷物からも同じ毒が出ている」

「毒って……フローラ、お前」

「兄上も同罪です」

「なんでだよ！　俺は騙されただけだろ？」

「……騙されたからです」

エドゼルは、入り口に向かって合図をした。

「お入りください」

会場内が騒めいた。

「陛下……？　お父様も」

国王陛下と、父がそこにいたのだ。

「デレック、お前を廃嫡し、エドゼルを王太子にする」

「な……！」

「ありがたくお受けします」

「ちょっと、どういうことよ！」

陛下はフローラを無視して、デレックにいった。

「ずっと、お前の資質を見極めてきた。残念だよ、息子よ」

その言い方は、ぞっとするほど冷たかった。

「連れて行け！」

「はい！」

騎士たちに連行され、デレックとフローラは会場を出ていく。

「エドゼル、もしかして時期を待っているってこういうことだったの？」

「話せなくてごめん。兄上たちが卒業パーティで何か企んでいるのは気付いていたから、最後のチャンスと思って様子を見ていたんだ」

エドゼルは続ける。

「大聖女のことは、バーシア様にちゃんと伝えてある。代替わりの儀式をしましょう、と言っていたよ」

考えることが多すぎて頭がどうにかなりそうだった。

「ヴェロニカ、今まで無理をさせていたな。すまなかった」

父が私にそう言った。

陛下も何か言いたげに私を見つめている。

エドゼルが再び私の手をとった。

「婚約破棄したばかりなのに、こんなことを言うのを許してくれ。ヴェロニカ。ずっと昔から君を見ていた。政略結婚だとしても、僕にとってはチャンスだ。どうか受け入れてほしい」

きゃあああ、と背後から女子生徒たちの叫び声がした。男子生徒たちのざわめきもおさまらない。

でも、一番驚いているのは私だ。

「え、エドゼル？　そんな……まさか」

——待って。婚約破棄より、胸がドキドキしているんだけど！　どうしたらいいの！

と、そのとき。

私は、自分の手のひらから丸い光が祝福のように舞い上がるのを目にした。ぶわあっと、数えきれないくらい。今まで最大、大量の光の束だ。

「もしかして今、光ってる？」

察したエドゼルが聞き、私は顔を赤くして頷く。

「とてもたくさん……」

「じゃあ、決まりじゃない？」

エドゼルがからかうように笑い、私はさらに顔が熱くなるのを感じる。ああ、人前でこんなに赤面するだなんて！

動揺しながらも私は、六年前を思い返す。

私がまだデレックと婚約していない、ただのヴェロニカ・ハーニッシュだった頃のこと。

思えば、エドゼルはそのときから、ずっと私を守ってくれていた。

——デレックと婚約する前も、その後も、ずっと。

どうしていいのかわからない私に、パトリツィアが声には出さず、頷け、と言っているのが見える。

「いいのかしら？　その、さっき婚約破棄したばかりでそんな……」

それでも、私は自分の気持ちが抑えられない。

「素直な返事を聞かせてほしい」

私は、エドゼルのその言葉に、

「はい！」

心の底から歓喜した！

祝福のしるしのように、スールが一気に飛んで消えた。

エピローグ

婚約パーティ

「婚約おめでとう、ヴェロニカ」

「ありがとう、パトリツィア」

卒業パーティからしばらくが過ぎた。

王太子の廃嫡に、私の婚約破棄に、新たな婚約に、大聖女が代替わりすることに、世間は騒がしかった。

今日は、ささやかな身内だけのお祝い会だ。延期になったチェスラフの誕生パーティも兼ねて、公爵邸に仲のいい人だけを招いて集まってもらった。

「ねえさま、おめでとう」

チェスラフが蝶ネクタイ姿でお辞儀をする。

「ありがとう。チェスラフもおめでとう」

私も新しい青のドレスでお辞儀をした。エドゼルが贈ってくれたのだ。

「お……王太子殿下、おめでとう、ございます」

緊張しながらそう言うチェスラフに、エドゼルが微笑みかける。

「ありがとう、チェスラフ」

「ごゆっくりお過ごしください！」

やりとげた顔をしたチェスラフは、アマーリエのところに戻っていった。

私はエドゼルを揶揄《からか》うように言う。

「王太子になった気分はどう？」

「気を引き締めてがんばるよ」

「副会長、じゃない、ヴェロニカさん、おめでとう」

そこに現れたのがチャーリーだ。

「遅かったのね」

そう言ったのはパトリツィアだ。チャーリーは素直に謝る。

「ああ、すまない」

なんとチャーリーはパトリツィアと婚約したのだ。いつの間に。

「新会長は、あと一年学校だろ？　その間、結婚はお預け？」

チャーリーが聞くと、エドゼルが不敵に笑った。

「ほとんど単位は取ってあるから、あとは卒業式に出るくらいだ」

「え？　そうなの？」

「準備は怠りないよ」

「準備……してたの？」

「いや、まさかこうなるとは思っていなかったけど、いつでもヴェロニカを守るために動きやすいようにとは思っていた」

「重っ……ぐっ」

チャーリーの呟きを、パトリツィアが肘で突いて止めた。

こんなに幸せでいいのかと私は思う。

デレックとフローラは、別々の牢獄《ろうごく》に収監《しゅうかん》されているらしい。

フローラは特に厳しく罪を追求されるだろうとのことだ。ハス男爵も、責任を問われているらしいが、知らないと突っぱねているそうだ。

「大丈夫」

エドゼルが私の心配を読み取って言う。

「結婚式のことを考えよう」

「気が早くない？」

「あっという間だよ」

それもそうね、と私は微笑んだ。

「ところでウツィア様の様子はどうなの？」

毒の影響はもうないらしいが、ウツィア様のお気に入りの温室がめちゃくちゃに壊されるという事件があって、かなり落ち込んでいるらしい。

「なんだか、珍しく怯えているみたいだよ」

「そうなの……」

またお見舞いにいかなくては、と私は思う。一瞬表情を暗くしたのを感じ取ったエドゼルが、励ますように言った。

「外でスールを出す計画も進めよう！　体力には気をつけて」

「そうね」

婚約破棄のとき、喜んでスールを出し過ぎてあとで貧血のようになったのだ。

「楽しみだわ」

私は胸がいっぱいになった。

‡

「無様だな」

フローラの牢獄の前に、いつの間にか男が立っていた。

「あんたは！」

鉄格子《てつごうし》の隙間からフローラは叫ぶ。

「待って、どうやってここに？」

見張りがいるはずだが、その気配はない。男は淡々と言う。

「いろいろと方法は知っている」

フローラは鉄格子にしがみつくようにして叫んだ。

「出してよ！　お願い！　こんなところは嫌！」

男は値踏みするような目でフローラを見る。

「ふん……出してもいいが、条件がある」

「何？」

「その恨みを忘れないと誓えるか？」

「恨み……？」

男の声が低くなる。

「欲しいのはドス黒い感情だ。それがあるなら出してやる」

考えるまでもなかった。

「忘れないわ！　心から恨んでいるわ！　あの女のこと！」

「……まあ、いいだろう」

ツェザリはどこから持ち出したのか、鍵を出して、扉を開けた。

――婚約パーティが終わって数日後、私たちはフローラが脱獄《だつごく》したと知らされた。

【1巻・完】

番外編

騎士団のエドゼル

エドゼルが宮廷騎士団に入ったのは、ヴェロニカが大時計台で歯車を光らせてから、数ヶ月後のことだった。

国王陛下が許可したので、その希望はすんなり受理された。

しかし、騎士団内部では一悶着《ひともんちゃく》あった。

早すぎる、というのだ。

無理もない。三十歳を超える団員もいる中で、エドゼルはまだ十一歳だったのだ。

真っ先に反対したのは、それまで一番の下っ端だった十六歳のマックス・シュレイバーだ。

「いくらなんでも十一歳は早過ぎる」

騎士団長のオイゲン・ビュッセルが苦笑いした。訓練後の会合でのことだった。

「お前も入団したときは十三歳だったじゃねーか」

オイゲンがからかったが、マックスは言い返した。

「それでも待ちましたもん。十三になるのを今か今かと」

副団長のアリーが笑う。

「だが断れないだろう。第二王子殿下だぞ。もう許可も出ている」

だから腹が立つんだ、とマックスは思ったがそれは言わなかった。

マックスは子爵家の四男だった。さすがに跡を継げる見込みはないから、自分から志願して騎士団に入った。

それでも厳しい入団試験があった。体力がどこまであるか見極めるため、倒れるまでみっちりとしごかれるのだ。

だから、ひょろりとしたエドゼルが現れたとき、しごき倒してやろうと思った。

基礎訓練で音を上げて、退団すればいい。

ところが蓋を開けると逆だった。

「もうやめろ！　それ以上は無理だ！」

どう考えても骨が折れているくらい腕が腫れているのに、エドゼルは素振りを続けようとした。

第二王子に治らない怪我をさせるわけにはいかない。

周りが顔色を変えて止める。

「もしかしてすごくヤバいやつじゃないか？」

医務室に運ばれるエドゼルを見送りながら、マックスが呟く。

副団長のアリーが頷いた。

「第二王子じゃなかったら、面白い子どもだなって思うだけなんだがな」

「それはそうだ」

背後から二人の話を聞いていたオイゲンは、後ろからマックスの肩に手を置いて笑った。

「というわけで頼む」

「何をですか？」

マックスは嫌な予感を覚えながら、振り返った。

「頼まれたのはマックスだからな！」

巻き込まれるのを避けるために、アリーはすでに遠ざかっている。あいつ、逃げやがった！

オイゲンはどこか楽しそうに言った。

「お前しかできない」

オイゲンはマックスがこの言葉に弱いことを知っている。お前しかできない。

「しょうがないですね。なんですか」

「王子様がもう少し自分を大切にするように、目を配ってやってくれ」

「はあ？」

自分を大切？

――いやいやいやいや、そんなもの、本人にしかできないことだろう？

マックスの考えを読んだかのように、オイゲンは頷く。

「年齢が近いからこそ分かり合えるだろう。こんなおっさんよりも。そうだな、怪我が治ったら買い物にでも連れていってやれ」

オイゲンに逆らえるはずもないマックスはしぶしぶ頷いた。

「王子様と買い物ですか？」

なんかやだ。

絶対金銭感覚違う。

だけど、オイゲンは目を輝かせた。自分の思いつきが気に入ったのだ。

「なんでも経験したい年頃だ。若者に人気の店とかあるだろ？　中年にはできないことだ」

「都合のいいときだけおっさんとか中年とか言うんだから」

普段は、三十三はまだ若い、が口癖なのに。

「はっはっは。悔しかったらお前も早くおっさんになるんだな。じゃあ」

勝手に話をまとめて、オイゲンは去った。

残されたマックスは、厄介ごとを押し付けられたとしか思えなかった。

‡

無茶を直前で止めたのが良かったのが、早急な手当が功を奏したのか、エドゼルの腕は順調に治っていった。

片腕でできる掃除や、更衣室の整理など地味な作業を不器用ながら引き受けているのがよかったのか、徐々に団員たちも第二王子《エドゼル》を受け入れるようになっていた。

マックス以外は。

他の隊員たちは、無茶をする弟のような目でエドゼルを見るようになっていた。

「マックス、お前も掃除くらい手伝ってやれ」

なぜかマックスが非難されたりする。

——知るもんか。

言われれば言われるほど意地になって、マックスはエドゼルに近寄らなかった。

その日もそうだ。

更衣室で掃除をするエドゼルの横で、マックスは無言で着替えていた。基本的に、こちらから話しかけなければエドゼルからは声をかけない。騎士団内の序列を守っているのだ。

オイゲンとの約束は覚えていたが、怪我が治ってからだとマックスはまだまだ放置するつもりだった。そもそも王子様が買い物などする必要はない。そのうち忘れるだろうとたかを括った。

王立学園に通いながら騎士団に入っているエドゼルは、朝練と夜練しか参加できない。昼間の演習や本格的な警護は、マックスたち正隊員が行う。

学園を卒業しても、エドゼルが正隊員になることはないのは分かりきっている。

だからマックスは余計に気に入らなかった。

習い事感覚で来てほしくない。どうせ、友だちに自慢したいだけなんだろう。

マックスは、そのまま何も言わず着替えを終えて更衣室を出ようとした。

そのとき。

「痛っ」

小さな叫び声が聞こえた。

振り向くと、エドゼルが雑巾をしぼっていたところだ。

無理をして怪我をした方の手も使ったものだから、痛めたのだろう。

「あ、すみません」

謝ったのはエドゼルだ。

「何を謝る必要があるんだよ」

マックスは思わず言い返した。エドゼルはちょっと目を見開いた。マックスが応えてくれると思わなかったのだろう。

「えーっと、勝手に怪我したのに、痛いとか言ったから、すみませんって」

「なんだよそれは」

「なんだって言われても」

マックスは自分が難癖をつけている自覚はしていた。

——もっと、さあ。

手を握りしめて、エドゼルを睨みつける。

「え？」

マックスの意図がわからず、エドゼルは戸惑った顔を見せた。その間も、雑巾からはぽたぽたとしずくが落ちている。

「あ。わ」

エドゼルは慌てたように、それを避けた。

マックスはため息をついた。

——もっと、こう、第二王子なら偉そうにするだろ？　普通。

エドゼルがあまりにも謙虚すぎてイライラしたマックスは、ついにエドゼルの手から雑巾を横取った。

「貸せよ！」

「えっ」

「そんな手で絞るからべしゃべしゃじゃないか。そういうときはこうするんだ、こい！」

マックスは裏庭にバケツと雑巾ごと持っていって、見本を見せた。木の枝に雑巾をかけて、そこからねじねじと捻るのだ。

ぎゅぎゅぎゅぎゅ！　ばしゃ！

思った以上の水が雑巾から出て、エドゼルは目を丸くする。

「こうすれば簡単だろ？」

マックスも言わずにはいられなかった。

「すごいです！」

エドゼルは、ようやく子どもらしい顔でそう言った。

「でも、マックス先輩はどこでこんな方法を覚えたんですか？」

子爵家といえどもマックスの家は裕福だ。使用人がする仕事を覚えているのが不思議だったのだろう。

「お前が来るまでは、俺が掃除していたからだ」

「あ……そうか、でも」

「怪我とか、最初の頃はよくやった。だから編み出した！　それだけだ！」

マックスは意識して、つっけんどんな口調で言った。

でないと、うっかり心を許しそうになったのだ。第二王子らしくない、不器用な一生懸命さに。

「編み出した……」

エドゼルは感心したように呟いた。キラキラした目をしている。

マックスはほだされるもんか、と横を向いた。

その時点でもうほだされていることも知らず。

「お、マックスとエドゼルじゃないか。二人で掃除か？」

通りがかったアリーが、不思議そうに声をかけた。

「いえ、マックス先輩がいろいろ教えてくださったんです」

「……別に」

アリーは何も言わず、ただ笑って通り過ぎた。マックスがそれほどひねくれ者ではないことを知っていたからだ。

それ以来、マックスはなにかとエドゼルの面倒を見るようになったのだ。エドゼルもマックスの言うことをよく聞いた。今まで下っ端だったマックスは、ちょっと心地よかった。

「オイゲン団長もほんっと人が悪い」

まんまとオイゲンの策略にハマったような気がして、そんなことを呟く。

「なんですか？」

片手で素振りをしていたエドゼルが、手を止めて聞き返した。

手伝ってはいないが、片手でもできる訓練を教えるようになったのだ。

「なんでもない。ほらまた、無茶するな！　治りが悪くなる」

「わかりました！」

エドゼルは素振り用の剣を正しく握り直して、また再開する。しゅっしゅ、という空気を切る音がする。

それを見ていたマックスは諦めたように言う。

「怪我していても、買い物くらいは行けるな？」

「……はい？」

エドゼルは手を止めて振り返った。

「今度の休みに王都に連れていってやる」

「いいんですか？」

子どもらしく目を輝かせる。

「気晴らしと、街の観察をするのも大事だ」

「嬉しいです！」

‡

そうやってエドゼルが少しずつ、自分にできることを増やしていっている間。

デレックは達成感のない毎日を過ごしていた。


デレックの朝は、不機嫌から始まる。

「水が冷たい」

朝、顔を洗う水が冷たいだけで早速不機嫌になる。

「申し訳ありません！」

メイドが蒼白《そうはく》になって謝り、お湯を入れても機嫌は治らない。

「熱すぎる！」

ばしゃっ！

「きゃ」

時間があればメイドに何回でもやり直しをさせる。

もともと水の温度なんてどうでもいいのだ。何をしても気に入らないのだから。

「ふん、まあ、今日はこれくらいにしてやろう」

「ありがとうございます」

誰もデレックの不機嫌を叱らない。ただおろおろと顔色を伺うだけ。

だから、学園でもその調子だった。

ただ、クラスメイトのヴェロニカ・ハーニッシュだけは、自分が意地悪しても動じなかった。

俺は王太子だぞ、と威張っても、

『王太子なら皆の模範になる行動をするべきだと思いますけど？』

と返してくる。

気に入らなかったが、その反応が新鮮でもあった。

だからデレックは、常にヴェロニカが嫌がることを考えた。

エドゼルと親しいと知ったときは、いち早く自分と婚約できるように父親に頼んだくらいだ。

その甲斐あって、デレックは無事にヴェロニカと婚約できたのだが、思ったのと何かが違った。

婚約してもヴェロニカは変わらなかったし、デレック自身も変わらなかったからだ。

変化のない者同士が一緒にいても、変わるわけはない。

デレックはがっかりした。

具体的にいえば、デレックは、ヴェロニカがもっと自分をちやほやしてくれると思っていたのだ。

そうしたら、毎日が楽しくなると思っていた。

だが、そんなことはまったくなかった。

それどころか、こともあろうにヴェロニカは、自分もデレックと婚約するのは嫌だったなどと告げた。

だけどそれはきっと照れ隠しだ。後からデレックはそう思った。

そうとしか思えない。

——素直じゃないのは、ハーニッシュ公爵家という名家の生まれだからだろうか？

デレックにとって不幸だったのは、言うことを聞かせるには、相手を追い詰めるしか方法がないと思っていたことだ。

だからあのとき。

デレックは思いっきり、ヴェロニカに向かってハーニッシュ家の悪口を言った。

「はん！　知ってるんだぜ！　お前の父親は使用人と再婚したんだろ！　もうすぐ跡取りも生まれて、お前なんて用無しだ！」

「あなたが広めたの？」

呆然とするヴェロニカの顔を見るのは、ぞくぞくした。

こっちを見てくれたのだ。

デレックはさらに威張る。

「だったらどうだよ。公爵家なんて言っても、たかが知れているってことさ」

ところが、ヴェロニカは、負けなかった。

怒りに燃えた瞳で、デレックなどなんとも思っていないような態度を取ったのだ。まさか。信じられない。

だが、事実だった。

ヴェロニカは敬語も外して、デレックを馬鹿にしたのだ。

「あのね。憶測で物を言わないほうがいいわよ。間違えたとき恥ずかしいから」

そんなふうに見下されるのは生まれて初めてだった。

「な……！」

「あなたの言っていることは、事実かもしれないけれど、何一つ真実じゃない」

「こいつ！　生意気だぞ！」

思わず手が出た。

殴ったらさすがにまずいな、と思ったけど、勢いがついてもう止まらなかった。

だけど、これでヴェロニカは言うことを聞くだろうとも思った。

それなのに。

――ガタンッ！　ガタガタガタッ！

ばん！

自分が振り下ろす拳とヴェロニカの間に、危機一髪で入り込んだのは、エドゼルだった。

なんで、こいつこんなところにいるんだ？

いつの間に？

ヴェロニカも驚いた顔をしている。

「エドゼル⁉」

デレックとヴェロニカが混乱している隙に、エドゼルは澄ました顔で立ち上がった。

「痛ぇ……やりすぎですよ、兄上」

頬が腫れているが、血は出ていない。大したことないじゃないか。

――俺の手の方が痛い。こいつが突然現れたせいだ。

「だ、大丈夫？」

なのにヴェロニカは心配そうな顔でエドゼルに駆け寄る。

そうじゃない！　そうじゃないだろ、こっちだろ！

「ああ、うん。大したことないよ。それより、怪我はない？」

エドゼルはカッコつけてそんなことを言う。

「私は、全然……」

そこでようやくデレックは気付いた。弟にいい役目をさせてしまったことに。

ヴェロニカの中で、デレックは悪者だ。

——やられた。

なんて卑怯な男なんだ。

デレックは悔しさを隠せずに、エドゼルを問い詰めた。

「エドゼル、お前なんでこんなところに」

「偶然ですよ」

「偶然って、お前」

「僕が偶然通りがかったおかげで、王室のスキャンダルを体を張って止められたんですよ？　感謝してほしいですね」

なんだそれ。

全く意味がわからない。

——お前、生意気なんだよ。

デレックは何があってもエドゼルだけは許さないと決めた。

俺が国王になったら、お前なんか辺境に送ってやる。

もちろん、デレックのそんな剣呑《けんのん》な策略に気付かないエドゼルではなかった。

騎士団に入ったのは、そのためだ。自分の身は自分で守らないといけない。

体を鍛えるという意味でも、味方を増やすという意味でも。

‡

「これ、美味しいですね！」

マックスに連れていってもらった王都で、エドゼルは生まれて初めて串に刺した肉を食べた。

「鶏だ。高級品だが、あの店では鳥小屋を自前で持っている。だからまだ安い」

最初はそっけなかった先輩だが、いつのまにかエドゼルの指南役を買ってくれた。

「鶏……」

エドゼルはちょっと不思議だった。鶏なら宮廷の料理でも出てくる。簡素な味付けと見た目になったとはいえ、屋台でも食べられるのか。

「この国は裕福だ。よその国は庶民がそんなものは食べられない」

「どうしてですか」

「王が優秀だからだ。王の優秀さは国民の食べ物でわかる」

エドゼルは複雑そうな顔をした。父親に思うところがあるのだろうか。

「それより、これ。金を貸してやるから、今度は自分で買ってみな」

驚いたことにこの坊ちゃんは、貨幣も持ったことがなかった。

高位貴族はそういうものかもしれないが。

「知らないことばかりだ」

エドゼルが嬉しそうに呟いたのを、マックスはまんざらでもなさそうに見守った。

‡

初めてのことが増えると、エドゼルはヴェロニカに話したいと思う。

思うだけで、手紙も書かない。日記なども もちろん。誰がどんなふうに見ているかわからない。

だから、自分の中に残るものだけを大事にする。

知識もそうだ。体力も。技も。そして気持ちも。

ただ、自分の中に話したいことがたまっても、届けられないことがたまにもどかしい。

大聖女の修行はどうなっているのか、心配している。
いや、そうではなく忘れられているのではないかと不安にもなる。
いや、それも違う。寂しいのだ。
——ただ、会いたいのだ。

そんなことを考えながら、エドゼルは今日も騎士団の朝練に向かう。

あとがき

この度は『時計台の大聖女は婚約破棄に歓喜する』を手に取っていただき、誠にありがとうございます。作者の糸加《いとか》と申します。

御子柴《みこしば》リョウ先生の素敵な表紙のおかげで目に留めてくださった方も多いのではないでしょうか？　わかります。すっごく、わかります。

この場をお借りして、まずはお礼を言わせてください。

御子柴先生、素敵なイラストをありがとうございます！

イラストが届いたその日から、印刷して壁に貼って、毎日眺めて本文に取りかかっていました。エドゼルの胸に飛び込むヴェロニカの可憐さと、包み込むような視線のエドゼルのかっこよさ。モニターから顔を上げるたびに、ため息ついて眺めていたものです。

こうやって本の形になると感動もひとしおです。

ぜひ、皆様にも御子柴先生のイラストの素敵さを堪能していただけたらと思います……！　どのキャラもそれはそれは魅力的に描いてくださっていますので……！　本当にありがとうございます。

この作品は元々、ウェブに投稿していた短編『大聖女候補に婚約者を取られましたが、願ったり叶ったりです』という七千四百文字の短編がベースになっています。

とはいえ、元の短編はヴェロニカとその婚約者デレックが婚約破棄するだけのお話で、「時計台」は出てきませんでした。

短編から長編にするとき、最初に膨らませたのが「大聖女」の設定でした。

大聖女とは？　どういう役割で、何を司っているのか？

不思議なことに、その答えはすぐに浮かんできました。答えというか、イメージでしょうか。

針のない時計台に祈りを捧げる大聖女。

その絵がぽんと出てきたのです。私にしては珍しいことでした。ともあれ、それを根幹とし新しい物語を紡いでいきました。

時計台が舞台なので、物語には歯車が出てきます。現実的な、部品としての「歯車」と、そうは書かれていないけれど「運命の歯車」とも呼べる選択と。登場人物たちが悩み、動き、そして決断するとき、運命の歯車が動いていくのです。

最初に出てくるのは、大時計台の中の部品としての歯車です。うっかりそれに触れてしまったため、ヴェロニカの運命は大きく動き出しました。次の大聖女に抜擢され、大嫌いな王太子デレックと婚約させられることになったのです。

このときヴェロニカはまだ十二歳。

子どもともいえる年齢ですが、ヴェロニカは自ら国王と交渉し、「十八歳までに大聖女の能力が開花できたら婚約は解消していい」という約束を取り付けることに成功します。運命の歯車を動かした瞬間ですね。

デレックの弟で第二王子のエドゼルは、そんなヴェロニカの力になれるよう陰ながら支える決意をします。けれどその優しさに感謝するからこそ、ヴェロニカはエドゼルに頼ってはいけないと考えます。

だけど、エドゼルは諦めません。ヴェロニカの気持ちを尊重しつつも、運命の歯車を自分で動かそうとします。彼は決して努力を怠りませんでした。ヴェロニカはそれにまったく気付いていませんでしたが。

少しずつ少しずつ、それぞれの歯車が噛み合って動き出すように、物語は進んでいきます。だけどうまく噛み合っているかわからないこともやはりあります。デレックとの婚約解消を願って努力するヴェロニカは一生懸命真面目にがんばりますが、ときに迷走してしまいます。悩んだり、立ち止まったり、くるくる踊りまくったり。それはそれはもう……踊りまくります。そんなヴェロニカの奮闘をエドゼルと一緒に愛でていただけたら、嬉しいです。

今作は、私にしては珍しく学園が舞台となっています。そのおかげで、御子柴リョウ先生の制服姿の口絵を眺めることができて幸せです……かわいい……全員かわいい……

長編化にあたって新たに登場するキャラもたくさんいるのですが、中でも私のお気に入りは副神官ツェザリと王妃ウツィアです。本編を読んでいただくとわかるのですが、この二人はデレックとフローラと別の意味で捻くれており……書いていてとても楽しかったです（どうも捻くれたキャラを書くのが好きなようです）

二巻でも物語の歯車は大きく動きますので、どうか手に取っていただけたらと思います。やっとヴェロニカと婚約できたエドゼルの溺愛も爆発しそうで、そこは我ながら本当に楽しみです！

そして、ひとつお知らせがあります。

なんと、この作品、コミカライズ企画進行中です！

詳細はまだお伝えできないのですが、一緒になってわくわくして待ってくださったら嬉しいです！

そんなコミカライズ企画を含め、あらためまして、この作品に関わってくださったすべての方々に心からお礼申し上げます。

ウェブ掲載のときから見守ってくださる読者様をはじめ、イラストを描いてくださった御子柴先生、プロットの段階からとてもとてもお世話になった担当編集者様、並びに編集部の皆様、出版、デザイン、流通等で関わってくださったすべての皆様、支えてくれた家族と友人、仲間たち、癒しをくれる愛犬のいぬさん。

そして、この本を手にしてくださった読者様。

読んでくださる人がいるから、物語が生まれます。それ自体、私にとって奇跡です。

ありがとうございます。そこにあなたがいてくださって、私はとても幸せです。

小さな小さな奇跡の連続が歯車みたいに動いて、なにかきらきらしたものをあなたに感じ取ってもらえたらすごく嬉しいです。

どうぞ楽しんでいただけますように。あなたの今夜の夢がきらきらしていますように。

ダッシュエックスノベルfの既刊

Dash X Novel F 's Previous Publication

『未プレイの乙女ゲームに転生した平凡令嬢は聖なる刺繍の糸を刺す』

西根 羽南

イラスト／小田 すずか

刺繍好きの平凡令嬢×美しすぎる鈍感王子の
焦れ焦れラブファンタジー、開幕!!

転生先は——未プレイの乙女ゲーム!?平凡な子爵令嬢エルナは、学園の入学式で乙女ゲーム「虹色パラダイス」の世界に転生したと気付く。だが「虹パラ」をプレイしたことがないエルナの持つ情報は、パッケージイラストと友人の感想のみ。地味で平穏に暮らしたいのに、現実はままならない。ヒロインらしき美少女と親友になり、メイン攻略対象らしき美貌の王子に「名前を呼んでほしい」と追いかけられ、周囲の嫉妬をかわす日々。果てはエルナが刺繍したハンカチを巡って、誘拐騒動に巻き込まれ!?

ダッシュエックスノベルfの既刊

Dash X Novel F 's Previous Publication

『予言された悪役令嬢は小鳥と謳う ~未来を知る専属執事に「君を救う」と言われました~』

吉高 花

イラスト/氷堂れん

「悪役令嬢」×「専属執事」
身分違いの恋の行方はいかに!?

「今から一年後、あなたは婚約破棄されます」

公爵令嬢アスタリスクはある日突然、平民の男ギャレットから婚約破棄を予言される。

最初は信じないアスタリスク。だが、ギャレットの予言通りに婚約者の第二王子フラットと男爵令嬢フィーネが親密になっていくことに驚き、信じることを決めた。

バッドエンドを回避するべく会うようになる二人。気がつけば、ギャレットはアスタリスクの「専属執事」と呼ばれるように。そして、迎えた婚約破棄の日。

二人は万全の準備で「いべんと」に挑むが、果たして……?

ダッシュエックスノベルfの既刊

Dash X Novel F 's Previous Publication

『魔力量歴代最強な転生聖女さまの学園生活は波乱に満ち溢れているようです』

～王子さまに悪役令嬢とヒロインぽい子たちがいるけれど、ここは乙女ゲー世界ですか？～

行雲 流水

イラスト／桜 イオン

魔力量歴代最強な転生聖女が送る
トラブルだらけの乙女ゲー異世界学園生活！

乙女ゲームのような世界に“転生者”が二人いる!?幼なじみ達と平和に暮らしたいナイにとっては、もう一人の転生者が大迷惑で!?転生して孤児となり、崖っぷちの中で生きてきた少女・ナイ。ある日、彼女は聖女に選ばれ、二度目の人生が一変することになる。後ろ盾となった公爵の計らいで、貴族の子女が多く通う王立学院の入試を受け、見事合格したナイは、何故か普通科ではなく、特進科に進むことに！そのクラスにいるのは、王子さまに公爵令嬢、近衛騎士団長の息子など高位貴族の子女ばかりで…！ここは乙女ゲームの世界ですか!?と困惑するナイだが、もう一人の特進科に入った平民の少女が、王子たちを「攻略」し始めて…!?婚約者のいる貴族との許されざる恋にクラスは徐々に修羅場と化し…!?

ダッシュエックスノベルfの既刊

Dash X Novel F 's Previous Publication

『したたか令嬢は溺愛される～論破しますが、こんな私でも良いですか？～』

沢野いずみ

イラスト／TCB

論破するしたたか令嬢×一途なイケメン公子の溺愛ストーリー、ここに開幕！

「お前との婚約を破棄する！」

婚約破棄を告げられた公爵令嬢アンジェリカ。理由は婚約者オーガストの恋人、ベラを虐めたからだという。だが、アンジェリカはベラのことを知らなかった。元々、王命で仕方なくした婚約。婚約破棄は大歓迎だが、濡れ衣を着せられてだなんてありえない！濡れ衣を晴らすため隣国の公子リュスカと共に調査を始めるが、同時に甘々なリュスカに翻弄されていく。

「惚れた女を助けるのは当然だろう？」

二人は力を合わせてベラを追い詰めていく。しかし、ベラには秘密があって――？

ダッシュエックスノベルfの既刊

Dash X Novel F 's Previous Publication

『未来で冷遇妃になるはずなのに、なんだか様子がおかしいのですが…』

狭山ひびき

イラスト／珠梨やすゆき

すれ違い×じれじれの極甘ラブストーリー！

家族から疎まれて育ったグリドール国の第二王女ローズは、ある日夢を見た。豪華客船プリンセス・レア号への乗船。そして姉のレアの失踪をきっかけとして、自分が姉の身代わりとしてマルタン大国の王太子ラファエルに婚約者として差し出され、冷遇妃になる夢だ。数日後、ローズは父の命令で仕方なく豪華客船プリンセス・レア号に乗る。夢で見た展開と同じことにおびえるローズ。だが、姉の失踪を告げたラファエルは夢とは異なり、ローズを溺愛し始める。その優しさにローズもラファエルと離れたくないと思い始め――!?

Dノベルf

時計台の大聖女は婚約破棄に歓喜する 1

糸加

2023年6月10日　第1刷発行

★定価はカバーに表示してあります

発行者　瓶子吉久
発行所　株式会社　集英社
〒101－8050　東京都千代田区一ツ橋2－5－10
03(3230)6229(編集)
03(3230)6393(販売／書店専用)　03(3230)6080(読者係)
印刷所　株式会社美松堂／中央精版印刷株式会社
編集協力　株式会社MARCOT／株式会社シュガーフォックス

ISBN978-4-08-632011-5　C0093

作品のご感想、ファンレターをお待ちしております。

あて先

〒101－8050　東京都千代田区一ツ橋2－5－10
集英社ダッシュエックスノベルf編集部　気付
糸加先生／御子柴 リョウ先生